Tucholsky Wagner Zola Scott Sydow Freud Schlegel
Turgenev Wallace Fonatne
Twain Walther von der Vogelweide Fouqué Friedrich II. von Preußen
Weber Freiligrath Frey
Fechner Weiße Rose von Fallersleben Kant Ernst Frommel
Fichte Richthofen
Engels Fielding Hölderlin
Fehrs Faber Flaubert Eichendorff Tacitus Dumas
Eliasberg Ebner Eschenbach
Feuerbach Maximilian I. von Habsburg Fock Zweig
Ewald Eliot Vergil
Goethe London
Elisabeth von Österreich
Mendelssohn Balzac Shakespeare Dostojewski Ganghofer
Lichtenberg Rathenau Doyle Gjellerup
Trackl Stevenson Hambruch
Mommsen Tolstoi Lenz Droste-Hülshoff
Thoma Hanrieder
Dach von Arnim Hägele Hauff Humboldt
Verne
Reuter Rousseau Hagen Hauptmann Gautier
Karrillon Garschin
Defoe Baudelaire
Damaschke Hebbel
Descartes
Hegel Kussmaul Herder
Wolfram von Eschenbach Dickens Schopenhauer
Darwin Grimm Jerome Rilke George
Bronner Melville
Campe Horváth Aristoteles Bebel Proust
Bismarck Vigny Barlach Voltaire Federer Herodot
Gengenbach Heine
Storm Casanova Tersteegen Grillparzer Georgy
Chamberlain Lessing Langbein Gilm
Gryphius
Brentano Lafontaine
Strachwitz Claudius Schiller Kralik Iffland Sokrates
Bellamy Schilling
Katharina II. von Rußland Gerstäcker Raabe Gibbon Tschechow
Löns Hesse Hoffmann Gogol Wilde Vulpius
Gleim
Luther Heym Hofmannsthal Morgenstern
Klee Hölty Goedicke
Roth Heyse Klopstock Kleist
Luxemburg Puschkin Homer Mörike
La Roche Horaz Musil
Machiavelli Kierkegaard Kraft Kraus
Navarra Aurel Musset
Lamprecht Kind Kirchhoff Hugo Moltke
Nestroy Marie de France
Laotse Ipsen Liebknecht
Nietzsche Nansen
Marx Ringelnatz
von Ossietzky Lassalle Gorki Klett Leibniz
May
vom Stein Lawrence Irving
Petalozzi
Platon Knigge
Sachs Pückler Michelangelo Kock Kafka
Poe Liebermann
de Sade Praetorius Mistral Zetkin Korolenko

Der Verlag tredition aus Hamburg veröffentlicht in der Reihe **TREDITION CLASSICS** Werke aus mehr als zwei Jahrtausenden. Diese waren zu einem Großteil vergriffen oder nur noch antiquarisch erhältlich.

Symbolfigur für **TREDITION CLASSICS** ist Johannes Gutenberg (1400 — 1468), der Erfinder des Buchdrucks mit Metalllettern und der Druckerpresse.

Mit der Buchreihe **TREDITION CLASSICS** verfolgt tredition das Ziel, tausende Klassiker der Weltliteratur verschiedener Sprachen wieder als gedruckte Bücher aufzulegen – und das weltweit!

Die Buchreihe dient zur Bewahrung der Literatur und Förderung der Kultur. Sie trägt so dazu bei, dass viele tausend Werke nicht in Vergessenheit geraten.

Toggenburg

Paul Lindau

Impressum

Autor: Paul Lindau
Umschlagkonzept: toepferschumann, Berlin

Verlag: tredition GmbH, Hamburg
ISBN: 978-3-8495-3113-3
Printed in Germany

Text der Originalausgabe

Paul Lindau

Toggenburg

Verlag der Wiking-Bücher Post & Obermüller Bremen / Leipzig

Druck der Spamerschen Buchdruckerei in Leipzig

Um die zehnte Morgenstunde war Gustav Wöhringen in übelster Laune erwacht. Die verdrießliche Stimmung hatte ihn auch nicht verlassen, während er sich sehr langsam angekleidet hatte. Mit schwerem und wüstem Kopf hatte er sich an den Frühstückstisch gesetzt und ohne rechten Appetit seinen Tee getrunken. Er war wieder einmal, wie in den letzten Monaten fast ohne Ausnahme, zwischen drei und vier Uhr zu Bett gegangen; er hatte wieder einmal im Klub gespielt, und diesmal besonders unglücklich. Er hatte eine verhältnismäßig sehr starke Summe verloren, deren sofortige Zahlung ihn in augenblickliche Verlegenheit brachte. Es war ihm peinlich, deshalb an seinen Bankier, der früher sein Vormund gewesen war, zu schreiben; und obgleich er keinem Menschen über seine Ausgaben Rechenschaft schuldete, sann er doch über eine Notlüge nach, um seine Forderung zu rechtfertigen. Alles das ging ihm durch den Kopf. Er war mit sich und der ganzen Welt zerfallen. Er hatte schon oft in ähnlichen Stimmungen den guten Vorsatz gefaßt, seinem zwecklosen Leben eine andere Richtung zu geben; aber niemals war es ihm ernsthafter gewesen als in dieser unbehaglichen Stunde, da er mit übergeschlagenen Beinen am Frühstückstische saß und, nervös mit hastigen Fingern die Enden seines starken strohblonden Schnurrbarts zu kühnen Spitzen drehend, zum Fenster hinausstarrte. Er suchte zu seinen Gunsten alle möglichen mildernden Umstände geltend zu machen.

Da er seine Mutter schon als Kind verloren hatte, war er in einer vornehmen Erziehungsanstalt in Thüringen bis zur Universität herangebildet worden. Im Alter von zweiundzwanzig Jahren, als er im fünften Semester war, hatte er das Unglück, seinen Vater Zu verlieren. Er hatte keinen Bruder und keine Schwester, und mit den entfernteren Verwandten verkehrte er fast gar nicht. So war er als junger Mensch allein und im Besitz eines ziemlich großen Vermögens. Der unglückliche Zufall hatte ihn mit jungen Leuten zusammengeführt, die sich in einer ähnlichen Lage befanden. Er war in das Klubleben hineingeraten; er stand auf gutem Fuße mit den Damen der kleinen Theater und vom Zirkus. In der guten Gesellschaft, zu der er durch seine Familie, durch seine Bildung und seine Unabhängigkeit gehörte, langweilte er sich; und wenn er es sich recht überlegte, so langweilte er sich eigentlich auch am Spieltisch des Klubs und bei den lärmenden Abendessen in den kleinen Kabinetts.

Seit Monaten stand er jeden Morgen mit der neuen Sorge auf, wie er den kommenden Tag totschlagen solle. Und wenn er abends nach Hause fuhr, mußte er sich jedesmal wieder sagen, daß auch dieser Tag ein verlorener gewesen sei. Diesem freudeleeren Dahinsiechen ohne Erregung, ohne Hoffnung und ohne Enttäuschung – dem mußte ein Ende gemacht werden.

Gustav warf die Zigarre mit einem leisen Seufzer beiseite und nahm eine der Zeitungen. Er las den ersten Satz in dem Romanfeuilleton: »Verhängnisvoll hatte Ada in sein Leben eingegriffen...« Weiter kam er nicht. Er legte das Blatt halb ärgerlich, halb lächelnd aus der Hand und sagte sich, daß die Romanschreiber nur Lug und Trug ersinnen, daß, es in Wahrheit gar keine Adas gibt, die verhängnisvoll in ein Leben eingreifen. Der heutige Tag, der 9. März des Jahres – das war sein fester Entschluß, – sollte nicht vorübergehen, ohne ihm irgend etwas Ungewöhnliches zu bringen, irgend etwas, das seine Teilnahme herausfordern, das ihn lebhafter in Anspruch nehmen würde als das törichte Einerlei seines gewöhnlichen Lebens. Wie zum Troste sagte er vor sich hin: »Und wo ihr's packt, da ist's interessant.« Er steckte eine neue Zigarre an und überlegte sich, wie er's anfangen solle, um irgend etwas zu erleben. Als erste Bedingung, um zum erstrebten Ziele zu gelangen, erkannte er, daß er nichts von dem tun dürfe, was er nunmehr seit Jahren tagtäglich getan hatte. Er nahm sich also vor, heute den Klub, die Theater, den Zirkus und alle Orte, wo er seine Bekannten zu finden Aussicht hatte, zu meiden. Den tollsten Plänen, wie sie eben nur eine durch Langeweile eingeschlummerte Phantasie nach gewaltsamer Aufrüttlung aushecken kann, sann er ernsthaft nach. Wie wär's, wenn er sich eines unglücklichen Kindes, das ihm irgendwo in den Weg laufen würde, annähme und eine Seele rettete? Oder wenn er dem ersten hübschen Mädchen, das ihm auf der Straße begegnen würde, folgte und sich Mühe gäbe, sich ernsthaft in dasselbe zu verlieben? Oder wenn er sich in einer ganz entlegenen und verruchten Gegend der Stadt eine möblierte Wohnung mietete oder auf einen beliebigen Bahnhof ginge und der ersten besten hübschen Person, die irgendwohin führe, folgte?

Inzwischen traf er wirklich alle Veranstaltungen wie zu einer kleinen Reise. Er erledigte einige Briefe, die längst der Beantwortung harrten, er brachte die Sache mit seinem Bankier in Ordnung, er überzählte seine Barschaft, die immer noch ausreichte, um ihm zu gestatten, eine Vergnügungsreise von drei bis vier Wochen zu unternehmen; er machte sich bedächtig zum Ausgehen bereit und sagte seinem Diener, es wäre möglich, daß er einige Tage nicht nach Hause käme. Fritz war ein wohlgeschulter Diener und wunderte sich über nichts, was sein Herr tat oder unterließ.

Es war gegen zwei Uhr nachmittags, als Gustav auf die Behrenstraße trat. Einen Augenblick blieb er unschlüssig vor der Haustür stehen, ob er rechts nach der Hedwigskirche oder links nach der Wilhelmstraße abbiegen solle. Ein schmutziger Dienstmann tappte schwerfällig an ihm vorüber; Gustav beschloß, ihm zu folgen. So gelangte er durch den Durchgang der kleinen Mauerstraße unter die Linden. Vor den dort angebrachten Schaukästen der Photographen blieb er stehen und besah die ausgehängten Bilder. Es waren meistens mehr oder weniger bekannte Künstlerinnen in interessanten Stellungen, und die weniger bekannten kannte er am besten. Eines dieser Bilder erregte durch seine Verneinung alles Komödienhaften sein besonderes Wohlgefallen. Es war das Bildnis eines sehr jungen, bildhübschen Mädchens mit auffallend großen Augen, die unter langen, sanftgeschwungenen Wimpern mit dem entzückenden Ausdruck eines verwunderten Kindes in die Welt schauten, mit einer etwas niedrigen Stirn, einer edelgeschnittenen Nase, einem reizenden frischen Munde. Das volle, schlichte blonde Haar war in einen einfachen Knoten geschlungen. Der ganze Zauber der Jungfräulichkeit, die holde Anmut der ersten Jugend waren über das liebliche Gesicht ausgegossen.

»Da hätten wir ja eigentlich schon, was wir brauchten«, sagte sich Gustav. »Ich brauchte nur zu dem Photographen zu gehen, auszukundschaften, wer das reizende Mädchen ist, brauchte die Unbekannte nur aufzufinden, mich in sie zu verlieben, von ihr geliebt zu werden, und alles wäre in schönster Ordnung. Aber ich kenne mich! Ich weiß im voraus, daß da wieder die Schlange unter dem Stein lauert. Fünf zu eins wette ich, daß mit dieser Unbekannten irgend etwas nicht stimmt. Entweder stößt sie mit der Zunge an, oder sie hat schlechte Zähne, oder sie ist unerlaubt langweilig – nein, langweilig kann sie nicht sein; dazu ist sie zu hübsch! Aber sie wird jedenfalls schon verlobt oder verheiratet sein, wenn ich sie finde.

Das Original der Photographie bleibt mir übrigens für alle Fälle; vielleicht finden wir doch noch etwas Besseres.«

Er ging durch das Brandenburger Tor und schlenderte langsam an den Bäumen hin durch die Lennéstraße die Tiergartenstraße entlang. Der sonnig-warme Tag hatte den Tiergarten mit Spaziergängern stark bevölkert. Gustav musterte sie alle; es begegneten ihm manche junge Frauen und Mädchen, die ihm wohlgefielen, aber er wurde offenbar sehr wenig beachtet. Er wunderte sich zunächst darüber, und es verdroß ihn sogar ein wenig, daß seine lebhaften und herausfordernden Blicke keiner besonderen Teilnahme begegneten. Nach einiger Zeit machte er sich indessen klar, daß die jungen Mädchen, die ihm zufällig entgegenkamen, von seinen Absichten doch keine Kenntnis haben und also auch nicht wissen konnten, wie er an einem sogenannten Wendepunkte seines Daseins angekommen zu sein glaubte, und daß jene daher vollberechtigt waren, ihn gerade so viel und gerade so wenig zu beachten wie gestern und an den Tagen vorher. Seinen hochfliegenden Plänen folgte sehr schnell die völlige Entmutigung; und er war noch nicht zehn Minuten im Tiergarten, als er sich im geheimen schon die Frage vorlegte, ob es nicht am gescheitesten sei, wenn er ruhig in den Klub zurückkehre und den heutigen Tag geradeso verbringe wie alle andern. Aber er hatte doch ein gewisses Gefühl der Scham vor sich selbst und wollte die Flinte nicht gleich ins Korn werfen. Er sah nach der Uhr. Es fehlten noch wenige Minuten an Drei, es war also auf alle Fälle auch noch viel zu früh zum Essen, er wußte, daß er um diese Stunde keinen seiner Bekannten antreffen würde. Gustav war langsam bis zur Höhe der Regentenstraße die Tiergartenstraße hinaufgegangen. An dem schmalen Wasserarm, welcher die Luiseninsel umfließt, ist da ein dreieckiger Raum freigelegt, in den drei Seitenalleen münden, und dort sind auch einige Ruhebänke angebracht. Er setzte sich auf die erste Bank, die dem Hauptspazierwege am nächsten ist, und zeichnete, ohne sich etwas Besonderes dabei zu denken, Figuren in den Sand. Durch die Bäume und Sträucher, die eben das erste Grün ansetzten, leuchtete der weiße Marmor des Denkmals der Königin Luise. Einige Schritte von ihm quälte sich eine englische Gouvernante mit einem ungezogenen, modisch ausgeputzten, krausköpfigen Jungen ab, der durchaus in den Tiergarten gehen wollte, während seine Begleiterin darauf bestand, ihn auf die Promenade zu führen. Spaziergänger, einzeln und in Gruppen, kamen an ihm vorüber, ohne irgend etwas Auffälliges zu zeigen und ohne ihn zu beachten. Auch nicht einer unter diesen entsprach nur annähernd seiner Forderung, ihn durch Außergewöhnliches zu reizen. Er hatte schon mehrmals den Entschluß gefaßt, wieder aufzustehen und weiterzuschlendern, aber die Trägheit, die ihn meisterte, vereitelte sein Vorhaben. So mochte er wohl eine halbe Stunde langsam abgetan haben, als er plötzlich aus seiner Teilnahmlosigkeit aufgerüttelt wurde. Von der Tiergartenseite her kam in ungewöhnlich schnellem Schritt ein Herr daher, der spähend in die verschiedenen Seitenalleen ausblickte, die kleine Lichtung in der Nähe des Wassers umging, dann die Tiergartenstraße rechts und links aufmerksam hinauf und hinab musterte und endlich entschlossen auf ihn zuschritt. Mit einem eigentümlich befangenen Lächeln lüftete er den Hut und fragte mit kurzem, vom schnellen Gange noch behindertem Atem:

»Entschuldigen Sie, mein Herr, eine Frage: sind Sie schon lange hier?!«

»Seit einer halben Stunde.«

»Wissen Sie das genau? – Ich bitte um Verzeihung, wenn ich mich darnach erkundige, es liegt mir viel daran.«

»Ganz genau. Ich habe nach der Uhr gesehen, als ich mich hier niedergelassen habe; es fehlten einige Minuten an drei Uhr.«

Das Gesicht des Fremden leuchtete auf. Mit derselben Befangenheit und mit derselben Höflichkeit fuhr er fort:

»Ist Ihnen hier irgend etwas aufgefallen – ich meine, haben Sie irgend jemand bemerkt – etwa eine Dame... vielleicht sind es auch zwei Damen gewesen?« –

»Es sind verschiedene Damen hier vorübergegangen.«

»Diejenige, die ich meine, müßte Ihnen aufgefallen sein: über mittelgroß, sehr schlank, mit lichtblondem Haar und großen schönen dunkelblauen Augen.«

Gustav dachte bei dieser Beschreibung unwillkürlich an die Photographie, die er vor kurzem aufmerksam betrachtet hatte, und lächelte.

»Nein,« antwortete er, »die Dame, die Sie beschreiben, ist nicht hier gewesen.«

Der Fremde griff wieder an den Hut und sagte, indem er sich höflich verbeugte:

»Dann danke ich Ihnen, und ich bitte noch einmal um Vergebung, daß ich Sie mit meinen Fragen behelligt habe.«

Er wandte sich kurz ab, warf noch einen Blick auf die Tiergartenstraße, umschritt noch einmal die kleine Lichtung, und nach einer abermaligen Musterung der Seitenalleen setzte er sich endlich auf dieselbe Bank, auf der Wöhringen Platz genommen hatte, aber an das andere Ende, nachdem er zuvor mit seinem großen rotseidenen Taschentuch den Sitz und die Lehne bedächtig abgeklopft hatte.

Gustav betrachtete den Fremden mit Aufmerksamkeit. Derselbe hatte durch die Gutmütigkeit seines Ausdruckes, die Bescheidenheit seiner Sprache und die Tadellosigkeit seiner Haltung einen sympathischen Eindruck auf ihn gemacht. Der Fremde mochte etwa in der Mitte der Fünfziger stehen. Seine Gesichtsfarbe war zwar gut, aber er sah doch sehr zart, beinahe schwächlich aus. Der lange Vollbart spielte schon stark ins Graue hinüber. Der Herr war außerordentlich gepflegt und sauber, namentlich war das Haupthaar mit einer gewissen Koketterie geordnet und an den Schläfen zu Locken kunstvoll gewirbelt. Unter den ziemlich starken Brauen hatte das gutmütigste und harmloseste Auge Gustav angeblickt. Bedeutend war der Mann gewiß nicht. Der hervorstechende Zug des regelmäßigen und ziemlich gewöhnlichen Gesichtes war eben die Gutmütigkeit. Auch seine Kleidung bekundete die peinliche Sorgfalt, die er auf sein Äußeres zu legen schien. An dem etwas altmodisch geschnittenen Überrock, der militärisch bis oben zugeknöpft war, war nicht ein Stäubchen zu sehen. Der Hut, der gleichfalls, nach der stark geschweiften Krempe zu schließen, einem ziemlich alten Jahrgänge angehören mußte, war auf das gewissenhafteste gebürstet. Trotz des trockenen, schönen, warmen Wetters trug er Galoschen und einen Regenschirm. Gustav hätte dem Herrn ein dutzendmal im Laufe eines Tages begegnen können, ohne daß er ihn bemerkt hätte. Heute aber, da er auf der Suche nach Außergewöhnlichem war, wollte er sich durchaus einreden, daß sein harmloser Nachbar etwas Eigentümliches besitzen müsse.

»Auf wen wartet der Mann?« fragte er sich. »Wer ist die Blondine mit den großen Augen? Seine Tochter? – Ein Vater, der auf seine Tochter wartet, sieht anders aus. Seine Braut?«

Mit ungläubigem Lächeln gab er sich selbst die Antwort auf diese Frage. Aber seine Neugier war nun einmal gereizt, und er verspürte nicht geringe Lust, mit dem Fremden eine Unterhaltung anzuknüpfen, welche ihm über das, was er zu erfahren wünschte, vielleicht Auskunft geben würde. Er schwankte indessen; denn er hatte das Gefühl, daß die Lösung dessen, was ihm jetzt rätselhaft erschien, vermutlich der allergewöhnlichsten Art sein würde, und daß er nur eine abermalige Enttäuschung zu gewärtigen hätte. Aber gleichviel, er wollte es darauf ankommen lassen. Er besann sich einige Augenblicke, wie er das Gespräch einleiten solle, und es fiel ihm, wie in solchen Fällen immer, nichts Gescheites ein.

»Sie scheinen auch auf jemand zu warten?« sagte er, während er sich zu dem Herrn hinüberwandte; und nachdem er auf diese Frage keine Antwort erhalten hatte, fuhr er nach einer kurzen Pause fort: »Ich warte auch. Und wie merkwürdig! – Sie warten auf eine blonde Dame, ich auf eine brünette.«

Der Fremde verzog keine Miene. Gustav ließ sich jedoch nicht entmutigen. Nach einigen Augenblicken fuhr er wiederum fort:

»Ich bin etwas ungeduldiger Natur, und das Warten langweilt mich sehr. Wenn Sie nichts dagegen haben, wollen wir ein wenig miteinander plaudern, das wird uns beiden die Zeit vertreiben helfen.«

Der Fremde errötete flüchtig wie ein schüchternes Kind. Er lächelte mit dem Ausdruck großer Verlegenheit und sagte stockend:

»Entschuldigen Sie, wenn ich unhöflich erscheine und auf Ihr freundliches Anerbieten nicht eingehe. Ich muß aufpassen, und das Sprechen zerstreut mich. Also nehmen Sie es nicht für nicht mehr antworte. Ich bitte Sie nochmals ungut, wenn ich schweige und auf Ihre Fragen höflich um Vergebung.«

»Bitte, bitte«, sagte Gustav, der nun an der Persönlichkeit seines Nachbars wirkliche Teilnahme zu fühlen begann.

Das war ja offenbar kein gewöhnlicher Mensch! Dahinter mußte doch etwas stecken! Ein Mann, der um vier Uhr nachmittags im Tiergarten aufpassen muß und nicht sprechen will, damit er seine Aufmerksamkeit nicht zersplittert, – da war ja jenes Geheimnisvolle, auf das er fahndete und das es zu erforschen galt. Die Lösung dieses Rätsels konnte voraussichtlich einen gelangweilten Müßiggänger wie ihn wenigstens einige Stunden, vielleicht gar einige Tage beschäftigen. Es war für Gustav eine beschlossene Sache: so leichten Kaufs sollte der Fremde nicht davonkommen. Es mußte festgestellt werden, wer der Mann ist, was er treibt, wie es um die Blondine steht, die er hier erwartet, mit einem Worte, der ganze geheimnisvolle Roman mußte entschleiert werden!... Freilich, wenn er sich die Sache recht überlegte, zu einem interessanten Romanhelden war dieser schlichte Mann mit dem unbedeutenden Gesicht, dem glänzenden Hute, dem hochzugeknöpften Überzieher, den Galoschen und dem Regenschirm recht wenig geeignet! Aber weshalb sollte der Schein, der so oft trügt, nicht auch mit ihm sein trügerisches Spiel treiben? Wer konnte wissen, wie unergründlich tief dieses stille Wasser war? Gustav entwarf einen großartigen und um so phantastischeren Schlachtplan, als es ihm an jeder sachlichen Unterlage mangelte. Während er mitten in seinen kühnen Entwürfen stak und den Fremden, der sich ab und zu erhoben und seinen Rundgang um den dreieckigen Platz angetreten hatte, nicht aus den Augen ließ, wurde er plötzlich von einem Bekannten angeredet.

»Was treibst du denn hier?« fragte ihn ein eleganter junger Mann. Es war Edgar von Kößler, derselbe, an den Gustav in der vergangenen Nacht eine erhebliche Summe verloren hatte. Gustav war nicht sehr erbaut von der Begegnung und antwortete ziemlich kurz:

»Ich fange Grillen.«

Edgar, der auf den Fußspitzen vor ihm wippte und mit seinem Stöckchen an die Beinkleider klatschte, machte irgendeine Bemerkung, die sich auf den gestrigen Abend bezog; aber Gustav war gar nicht zum Spaßen aufgelegt. Er hatte sich in der stillen Betrachtung des Fremden, – wie er erst jetzt, da er gestört worden war, bemerkte, – eigentlich sehr gut unterhalten; und es war ihm nun unangenehm, daß er auf einmal wieder an den Klub, an sein gewöhnliches

Leben erinnert wurde. Er lehnte Edgars Aufforderung, ihn zu begleiten, energisch ab.

»Hast du ein Rendezvous?« fragte Edgar.

»Vielleicht.« »Dann hast du wenigstens gute Gesellschaft«, fuhr Edgar fort, auf den Fremden deutend, der gerade an dem Wasserarm bei der Luiseninsel auf- und niederging.

»Wieso?« fragte Gustav.

»Nun, es ist doch das bekannte Standquartier des edlen Daniel Toggenburg.«

»Daniel Toggenburg?«

»Solltest du der einzige Berliner sein, der das merkwürdigste Original des Tiergartens nicht kennt? – Da geht er, der Mann mit dem eigentümlichen Hüftenrock und dem grauen Barte.«

»Nun, was ist mit dem?«

»Ich weiß es nicht. Die Leute nennen ihn Daniel Toggenburg, wahrscheinlich weil er immer wartet. Ich weiß, nur, daß man ihn unfehlbar an jedem Tage, ob Regen, ob Sonnenschein, bei Wind und Wetter zur selben Stunde, zwischen drei und halb fünf Uhr, hier an derselben Stelle findet.

> Und so saß er viele Tage,
> Saß viele Jahre lang,
> harrend ohne Schmerz und Klage ...«

»Ich bin oft genug hier entlang gekommen, mir ist er nie aufgefallen.«

»Wem sollte der Mann auffallen? Ich habe ihn auch erst bemerkt, nachdem man mich auf ihn aufmerksam gemacht hatte.«

»Was will denn der Mann hier?«

»Keine Ahnung! Ich habe auch schon diesen und jenen gefragt, aber niemand hat mir Auskunft geben können. Er gehört eben zum Tiergarten; dabei beruhigt man sich. Der Mann wird an Kongestionen leiden; wahrscheinlich hat ihm der Arzt regelmäßige Spaziergänge verschrieben... Kommst du mit?«

»Nein. Ich habe hier noch zu tun.«

»Man sieht dich doch zum Essen im Klub?«

»Vielleicht, vielleicht auch nicht.«

»Auf Wiedersehen.«

»Auf Wiedersehen.«

Edgar hatte eine bekannte Dame und deren hübsche Tochter erblickt und versuchte mit beschleunigten Schritten dieselben einzuholen. Gustav blickte ihm fast geringschätzig nach. Wie schal und unwürdig erschien ihm das Treiben eines Edgar von Kößler, der einer jeden Schürze nachlief! Wie viel vornehmer und ernsthafter dünkte ihn seine Beschäftigung, nachdem er nun sein Ziel erkannt und seinem Leben einen Inhalt zu geben beschlossen hatte! Hier galt es eine Menschenseele ergründen, nicht mehr und nicht weniger. Oder vielleicht doch etwas weniger?

Der Zweifel regte sich bescheiden in Gustavs Gemüt. Am Ende war es doch nur flüchtige Laune und kindische Neugier? – Aber nein, Gustav wollte sich die Reinheit seines Vorhabens nicht trüben und das, was vielleicht edel werden konnte, nicht von unlauteren Kleinlichkeiten anfechten lassen. Hier war ein ruhiger, offenbar anständiger Mann, der etwas ganz Ungewöhnliches tat; vielleicht konnte dem Manne geholfen werden – und weshalb hätte er nicht der Helfer werden können?

Um halb fünf Uhr hatte der Fremde nach der Uhr gesehen und sich ruhig, nachdem er Gustav wie zum Abschiede noch begrüßt hatte, durch den Tiergarten entfernt. Gustav folgte ihm in einiger Entfernung. Der Fremde hatte sich noch einige Male umgesehen, aber Gustav, der den Blicken Daniels auszuweichen gesucht hatte, nicht bemerkt. Daniel ging durch den Tiergarten, bog dann in die Dorotheenstraße ein und setzte nun bis zur Spree seinen Weg fort. Er ging über die Insel bei dem Museum vorbei, über die kleine Kavalierbrücke bis zum Neuen Markt. Gustav hatte ihn scharf im Auge behalten.

Auf einmal war Daniel wie in einer Versenkung verschwunden. Obgleich Gustav geborener Berliner war, kannte er die Gegend, in die ihn Daniel gelockt hatte, so gut wie gar nicht. Die Physiognomie der Stadt erschien ihm gänzlich verändert. Vielleicht war er schon einmal auf dem Neuen Markt gewesen, vielleicht auch nicht. Aber wo war Daniel geblieben? War er hier in ein Haus eingetreten? – War er weitergegangen?

Gustav stand vor einem ganz schmalen Durchgange, der eher an eine venetianische Gasse als an eine Straße des breitgebauten Berlins erinnerte. Aufs Geratewohl durchschritt er denselben und sah nun vor sich eine merkwürdige Kirche, die er gewiß noch nie gesehen hatte. Und richtig, nun bemerkte er, wie Daniel da in der Ecke des Platzes auf der obersten der drei steinernen Stufen, die zur Tür des gelben Hauses hinaufführten, stand, seinen Drücker zog und das Haus öffnete.

Mit aufrichtiger Überraschung und Befriedigung blickte Gustav um sich. Es war ihm, als habe er eine Entdeckung gemacht. Er konnte es nicht fassen, daß man einen solchen Fleck mitten in dem modernen Berlin finden könne. Inmitten des geräuschvollen Treibens der geschäftigen Großstadt dieser friedliche Ruhepunkt wie eine große Pause in den rauschenden Mißtönen unseres hastigen Daseins. Das alles stimmte so richtig zueinander! Hier mußte der Sonderling wohnen, dem Gustav gefolgt war – da in dem gelbgetünchten, saubern alten Eckhause, in dessen kleinen runden Fensterscheiben das rötliche Sonnenlicht glitzerte. Von diesem Fenster aus mußte er hinabblicken auf den schmalen Steg vor ihm, und hinüberblicken auf den altertümlichen, von der Zeit ganz geschwärzten Bau der schönen Marienkirche. Wie feierlich und friedlich erhob sich dieses ehrwürdige Gebäude aus der Mitte der unansehnlichen, stillen alten Häuser, die sich von drei Seiten her hart an die Kirche herandrängten und bis zu deren Mauern nur einen ganz schmalen Weg freiließen. Da wucherte das Gras aus den Fugen zwischen den schlecht behauenen Pflastersteinen hervor. Hier stockte aller Verkehr. Jahre mochten vergehen, bis sich ein müßiger Spaziergänger von ungefähr hierher verirrte. Nur von den spärlichen Bewohnern der wenigen Häuser, die überhaupt einen Zugang zu dem Kirchhofe hatten, wurde dieser Platz betreten. Die meisten dieser Häuser waren Hintergebäude der zu den anliegenden Straßen gehörenden Baulichkeiten.

Es war ganz unheimlich still. Alle Fenster waren geschlossen. Nur gedämpft drang das Geräusch von den in den belebten Nachbarstraßen dahinrollenden Lastwagen und Droschken bis hierher. Unwillkürlich trat Gustav ganz behutsam auf, als fürchte er, jemand aus dem Schlafe zu wecken, während er langsam an der Kirche entlang ging. Dann blieb er vor einem grob zurechtgehauenen Steinkreuz am Eingange der Kirche stehen. Er betrachtete dasselbe, das darauf hindeutete, daß es hier etwas zu gedenken gab. Hier mußte sich in grauer Vergangenheit etwas Sonderbares zugetragen haben, vielleicht etwas Schreckliches, das durch das Zeichen der christlichen Barmherzigkeit hatte gesühnt werden sollen. Gustav besaß keine Veranlagung zu sentimentalen Regungen, aber es kam doch etwas Seltsames über ihn, wie ein Schauer aus fernen finstern Tagen. Mit einem beinahe andächtigen Gefühl stand er vor dem ernsten dunkeln Gotteshause. Er betrachtete die schönen alten Schmiedearbeiten, die, nach ihren edel geschwungenen Linien zu schließen, aus dem Anfange des sechzehnten Jahrhunderts herrühren mochten. Dann blickte er wieder auf die alten reizlosen Häuser, die hier eine so harmonisch abgestimmte Umgebung bildeten. Es regte sich noch immer kein Zeichen des Lebens, und dabei war der Tag doch so licht und die Sonne so freundlich. Um so unheimlicher wirkte dieser stille Platz. Ihm war zumute, als habe hier ein geheimnisvolles gewaltsames Naturereignis alles Lebende ertötet, als sei alles ausgestorben oder durch eine unerklärliche Gewalt verzaubert. Er empfand eine ganz seltsame Beklommenheit, die ihm doch wiederum sehr reizvoll erschien. Wie befreit atmete er auf, als er von der andern Seite des Platzes her fröhliche, helle Kinderstimmen vernahm. Er umschritt die Kirche. Nach der einen Seite hin waren die Häuser scheu zurückgewichen und hatten einen größeren Platz freigelassen, auf dem sich eine Schar kleiner Jungen und Mädchen herumtummelte. Sie blickten erstaunt zu dem fremden Herrn auf, der ihnen eine ungewöhnliche Erscheinung war. Auf einen Augenblick verstummte das helle Lachen, aber nur auf einen Augenblick, das Spiel wurde unbekümmert um den Zuschauer sogleich wieder aufgenommen.

Eine kleine Weile hatte Gustav dem Treiben der Kinder zugeschaut, als er bemerkte, wie aus dem Hause, in dem Daniel verschwunden war, ein Dienstmädchen trat, das einen Korb am Arme trug. Das Mädchen ging, ein Liedchen trällernd, an ihm vorüber und war verschwunden, ehe er seinen Vorsatz, es anzusprechen, hatte ausführen können. Er sagte sich aber sehr richtig, daß es jedenfalls wiederkommen müsse, und da er schon einige Stunden mit Warten zugebracht hatte, so machte es ihm nichts, daß er etwas versäumte; wußte er doch, daß er's nachholen konnte. Und richtig, nach einer kleinen Viertelstunde sah er das Mädchen durch die Gasse wieder auf den Marienkirchhof zurückkommen. Jetzt ging er entschlossenen Schrittes auf sie zu. Es war ein dralles, hübsches junges Mädchen mit roten Backen und rotgearbeiteten, starken Händen. Im Verkehr mit Dienstboten hatte Gustav eine gewisse Technik erlangt. Während er Daumen und Zeigefinger mit einer Gebärde, die jeder dienstbare Geist versteht, in die rechte Westentasche steckte, sagte er:

»Einen Augenblick, schönes Kind! Sie können mir eine Auskunft geben. Wie heißt der Herr, der in dem Hause da wohnt – ich meine den Herrn, der immer im Tiergarten spazieren geht?« »Ach so, Sie meinen Herrn Daniel Möllmann?«

»Jawohl, ich meine Herrn Daniel Möllmann.«

Er drückte dem Mädchen, das sich ein wenig, aber nicht zu viel sträubte, einen Taler in die Hand.

»Und was treibt Herr Daniel Möllmann? Hat er ein Geschäft?«

»Nein, das glaube ich nicht.«

»Also Sie sind nicht in dessen Diensten?«

»Ich diene eine Treppe höher.«

»Erzählen Sie mir doch etwas von diesem Herrn Daniel Möllmann. Was macht er denn den ganzen Tag?«

»Ach, von dem ist nicht viel zu erzählen! Es ist ein wunderlicher Herr. Er sagt nie ein Wort. Er hat eine alte Aufwartefrau, die ihm auch kocht, und die auch kein Wort spricht. Die Leute sagen, daß er ein ganzes Zimmer voll alter Töpfe und Krüge hat; er ist ein Sammler, sagen die Leute.«

»Mehr ist nicht von ihm zu sagen?«

»Ich weiß wirklich nicht mehr. Er geht jeden Mittag aus und kommt immer um dieselbe Zeit nach Hause, so um ein Viertel auf sechs Uhr, sonst sieht und hört man nichts von ihm.«

»Also er sammelt alte Krüge, das ist das einzige, was Sie von ihm wissen?«

»Ja, so sagen die Leute im Hause. Ich habe noch keine gesehen, aber ich bin erst seit einem halben Jahr hier im Dienst.«

»So! dann danke ich Ihnen.«

Das Mädchen nickte freundlich und trat in das Haus, in dem Daniel Möllmann wohnte. –

»Wie lange so ein Tag währt, wenn man nur die Stunden nützlich und ausgiebig verwertet«, sagte sich Gustav, als er sich mit einer gewissen Überwindung von der Stelle abwandte, die ihm so schnell durch ihre Eigentümlichkeit lieb geworden war. Die alte heisere Glocke der Marienkirche schlug gerade halb sechs, als er durch die schmale Gasse in die Bischofsstraße einbog und sich der Friedrichsstadt zuwendete, die er bisher in partikularistischer Überhebung als das eigentliche und alleinige Berlin betrachtet hatte. Es war ungefähr dieselbe Zeit, zu der er gewöhnlich seine mit behaglichem Luxus eingerichtete Junggesellenwohnung verließ, um auf einem kleinen Umwege den Klub zu erreichen. Sonst hatte er bis zu dieser Stunde noch gar nichts Vernünftiges getan; er hatte die Vermischten Nachrichten und den Lokalklatsch in den Zeitungen gelesen, den Tanz oder Gassenhauer aus der neuesten Operette auf dem Klavier geklimpert, in irgendeinem Roman geblättert – das war alles. Wie viel voller, wie viel ereignisreicher erschien ihm der heutige Tag! Wie fruchtbringend versprachen die letzten Stunden für die nächste Zukunft zu werden, und was hatte er nicht schon alles erfahren und festgestellt!

Was hatte er nicht alles erfahren!

Gustav wiederholte für sich diesen Satz, und er mußte lächeln. Es war doch eigentlich nicht viel. Er war mit einem unansehnlichen Manne im Tiergarten zusammengetroffen; er wußte nun, daß dieser zu den regelmäßigen Besuchern desselben gehöre, daß er in einem entlegenen Winkel der Hauptstadt wohne, Daniel Möllmann heiße und, wenn das hübsche Dienstmädchen ihn richtig unterrichtet hatte, alte Krüge sammele. Es war in der Tat nicht sehr erheblich; aber er war nicht anspruchsvoll und mit der Ausbeute des Tages durchaus zufrieden. Er glaubte sich nun nach getaner Arbeit die wohlverdiente Zerstreuung gönnen zu dürfen und ging gerade wie alle andern Tage in den Klub, dann in das Theater, um nach der Vorstellung in den Klub zurückzukehren und mit dem so beliebten Baccarat den jungen Tag zu begrüßen.

Seit langen Jahren zum erstenmal erwachte Gustav mit einem bestimmten Programm. Wie am vorhergehenden Tage machte er sich wieder auf den Weg nach dem Tiergarten, blieb wiederum vor dem Schaukasten des Photographen stehen, betrachtete die Bilder der anspruchsvollen Künstlerinnen und des blonden Mädchens mit den großen Augen und freute sich, als er seinen Freund Daniel an der bestimmten Stelle antraf. Nachdem sie sich gegenseitig artig begrüßt hatten, ging Gustav über den Fahrdamm und trat in die Konditorei an der Ecke der Bendlerstraße. Als er sich hier umsah, hatte er eine ähnliche Empfindung wie gestern, da sich ihm die Geheimnisse des Marienkirchhofes enthüllt hatten. Er machte sich Vorwürfe darüber, daß er seine Vaterstadt bisher so ungenügend gekannt habe. Auch hier stand er einem Widerspruch gegenüber, der ihn reizte: mitten in der vornehmsten, reichsten Gegend der Hauptstadt, in herausfordernder Nachbarschaft mit den Prachtbauten, die redlicher Gewinn und mühelos erworbener Reichtum errichtet hatten – hier, an einem der besuchtesten und schönsten Punkte der Residenz, wo jeder Fußbreit Grund und Boden mit Gold bezahlt wird, stand das alte einstöckige, bis zur Dürftigkeit anspruchslose Haus mit seinem kleinen, winkligen, ungemütlichen Laden, einer Konditorei allerprimitivster Art, die kaum in der bescheidensten Kreisstadt auf der Höhe der lokalen Anforderungen stehen würde.

Er trat in den kleinen, unter dem stolzen Namen »Rauchzimmer« abgetrennten Raum, und da Frau Maukel, die Inhaberin der Konditorei, gerade einen Kunden mit Kaffeekuchen zu versehen hatte, so blieb er einige Zeit allein. Er sah sich in dem schmalen und niederen Stübchen, das jeden Anspruch auf Eleganz und Komfort verschmähte, prüfend um. Den meisten Spaß hatte er an den Bildern, die übrigens den einzigen Zimmerschmuck ausmachten: da hingen die Porträts des Kaisers und des Kronprinzen in elendem Ölfarbendruck mit billigen Fabrikrahmen, und zwei kolorierte Genrebilder, offenbar Gratisprämien zu einem Kolportageroman; es waren Szenen häuslichen Glücks zu Wasser und zu Lande: ein eleganter Vater mit goldener Uhrkette, der seine Frau mit blonden Locken und einer großen Brosche an sich drückt und zu deren Füßen ein blondes Mädchen mit einem großen Hunde spielt, und ein junges Paar im Nachen, das sich zärtlich umschlungen hält, während ein rosiger Bootsmann mit blauer Jacke, auf deren breitem Umschlag ein goldener Anker erglänzt, und mit rot- und weißgestreiften Beinkleidern den Kahn treibt. Gustav bestellte bei Frau Maukel irgendeinen Likör und ließ sich mit der Dame in eine Unterhaltung ein, natürlich über Daniel. Die erwartete Bereicherung seiner Kenntnisse wurde ihm leider nicht zuteil. Frau Maukel wußte über Daniel nichts weiter, als daß er seit langen Jahren unfehlbar zu derselben Stunde an der Luiseninsel anzutreffen sei, und fügte nur hinzu, daß sich früher die Nachbarn über die seltsame Erscheinung beunruhigt und sogar einen Kriminalbeamten ersucht hätten, den Mann zu überwachen. Die Nachbarn wären indessen beruhigt worden, als ihnen der amtliche Bescheid zuteil geworden sei, daß der Herr durchaus nichts Arges im Schilde führe und ein ganz harmloser Sonderling sei, dessen regelmäßiges Erscheinen an derselben Stelle und zu derselben Zeit wahrscheinlich keine andere Ursache habe, als die Gewohnheit.

»Wir sehen ihn jetzt gar nicht mehr,« schloß, Frau Maukel ihren Bericht; »er gehört zum Tiergarten wie die Bänke und Bäume.«

Der Wunsch Gustavs, Daniel mit irgendeinem romantischen Schimmer zu umgeben, flüchtete vor der nüchternen Prosa dieser Auskunft immer weiter in das Reich des Unerfüllbaren. Nach fünf Minuten verließ Gustav die Konditorei und wendete sich wieder der Stadt zu. Daniel machte wie gestern die Runde. Offenbar hatte Gustav den Fall, daß ihm Frau Maukel zu einer Annäherung an Daniel nicht verhelfen könne, vorhergesehen; denn er ging entschlossen seines Weges, wie ein Mann, der weiß, wohin er will. Er nahm denselben Weg, den ihn gestern Daniel geführt hatte. Er hatte in der Straße am Zeughause, in der Nähe der kleinen Brücke, am Fenster eines Hauses allerhand Antiquitäten, namentlich alte Tonwaren, stehen sehen, und dieses Haus war sein Ziel. Er fand es ohne Mühe und trat in die dunklen, mit wurmzernagtem Gerümpel, wie auch mit kostbaren Erbstücken der Vergangenheit vollgepfropften Verkaufsräume ein.

»Ich wünsche einen sehr schönen alten Krug zu kaufen«, sagte er dem Verkäufer.

Da Gustav in bezug auf die Zeit, das Land, die Größe und Form keine besonderen Wünsche hatte, sondern als die einzige verlangte Eigenschaft eben nur die Seltenheit und Schönheit hervorhob, so sagte ihm der Händler:

»Ich habe hier ein ungewöhnlich schönes Exemplar eines Apostelkruges.«

»Ein Apostelkrug?« wiederholte Gustav, der gar nicht wußte, um was es sich handelte. Weshalb sollte er keinen Apostelkrug nehmen?

»Ich muß Sie aber darauf aufmerksam machen,« fuhr der Verkäufer fort, »daß er nicht ganz billig ist. Wie Sie sehen, ist er vollkommen gut erhalten, ganz scharf in der Modellierung und so schön im Brande, wie man es selten findet.«

»Was kostet denn der Spaß?« fragte Gustav, der das gereichte Stück mit angenommener Kennermiene betrachtet hatte.

Als der Verkäufer den Preis nannte, ließ, Gustav den Krug vor Überraschung beinahe aus der Hand fallen. Er überstieg seine Veranschlagung etwa um das Zehnfache. Mehrere hundert Mark für dieses alte törichte Ding! Er glaubte, der Händler wolle sich lustig über ihn machen.

»Ich habe auch viel billigere,« fügte dieser hinzu, »hier Zum Beispiel den! Aber wenn Sie sich auf die Sache verstehen, werden Sie auf den ersten Blick bemerken, daß zwischen den beiden Exemplaren gar kein Vergleich gezogen werden kann.«

»Das ist richtig, gar kein Vergleich«, sagte Gustav, der durchaus keinen Unterschied zu bemerken vermochte.

»Und wenn Sie nicht gleich zugreifen,« fuhr der Verkäufer fort, »so kann ich Ihnen nicht einmal dafür stehen, daß ich Ihnen den Krug heute abend noch geben kann. Ein Liebhaber handelt bereits darum; wir sind nur noch um eine Kleinigkeit im Preise auseinander, und ich weiß, er wird den geforderten Preis zahlen, denn das Stück ist preiswürdig.«

Gustav lächelte ungläubig.

»Mein werter Herr, die Liebhaber, die sich noch nicht zum Kauf entschlossen haben – die kenne ich! Das sagt man immer.«

Der Verkäufer zuckte mit überlegener Ruhe die Achseln, trat an das alte wacklige Stehpult, auf dem sein Geschäftsbuch aufgeschlagen lag, öffnete eine Schublade und nahm einen Brief heraus, den er Gustav mit den Worten reichte:

»Bitte überzeugen Sie sich.«

Gustav las: »Wenngleich der Preis, den Sie für den Apostelkrug angesetzt haben, ein sehr hoher ist, so entzückt mich die Schönheit desselben derart, daß ich mit mir noch ernsthaft zu Rate gehen will, ob ich den geforderten Preis zahlen kann oder nicht. Jedenfalls bitte ich Sie, mir bis morgen abend das Vorkaufsrecht zu lassen.

Ergebenst

Daniel Möllmann.«

»Die Frist ist gestern abend abgelaufen,« fügte der Händler erläuternd hinzu, »aber Herr Möllmann weiß ja, daß man ein solches Stück nicht jeden Tag verkauft, und die Rücksicht für einen so guten alten Kunden würde mich auf alle Fälle dazu veranlassen, Herrn Möllmann zu benachrichtigen, wenn sich ein Käufer für den Krug finden sollte.«

Nun war Gustavs Entschluß gefaßt. Mit der trügerischen Philosophie der Jugend sagte er sich, daß schließlich das Opfer, das er bringen wolle, ein geringfügiges sei, daß er am vorigen Abend eine größere Summe im Bakkarat gewonnen habe – den vorhergehenden Tag des Verlustes hatte er schon wieder vergessen. »Und Herr Möllmann ist Kenner?« fragte Gustav.

»In Tonwaren eine erste Autorität.«

»Also, um es kurz zu machen: ich nehme den Krug. Sie brauchen Herrn Möllmann nichts davon zu sagen. Der Krug ist für ihn bestimmt.«

Der Händler warf einen mißtrauischen und fragenden Blick auf den jungen Menschen, der übrigens selbst das Bedürfnis fühlte, seine Aussage glaubhaft zu machen.

»Ich kenne Herrn Möllmann... am Marienkirchhof – Sie sehen, ich weiß Bescheid.«

Dem Verkäufer war es ganz erwünscht, den Worten des jungen Mannes Glauben zu schenken, um die Rücksicht auf den alten Kunden, von der er vorhin gesprochen, fallen lassen zu können. Er verpackte den Krug, strich das Geld ein, und Gustav zog mit der erworbenen Rarität unter dem Arme vergnügt von dannen.

Die halbe Stunde, die er noch zu verbringen hatte, bis er sicher war, daß er Daniel zu Hause treffen würde, verging ihm in einem Wirtshause ziemlich langsam. Als die Zeit gekommen war, nahm er eine Droschke, fuhr bis zum Neuen Markt an den kleinen Durchgang zum Marienkirchhof und trat gerade, als die heisere Glocke der Marienkirche wieder halb Sechs schlug, beherzt in das stille Eckhaus ein.

Von dem Dienstmädchen hatte er gehört, daß Daniel im ersten Stock wohne, und dort läutete er. Es verging eine geraume Zeit, bis ihm geöffnet wurde. Eine alte Frau von strahlender Reinlichkeit, mit weißer Schürze und weißer Haube auf dem doppelt gescheitelten grauen Haare, mit breitem Gesicht, mit breiter Nase und breitem Mund, stand vor ihm. Gustav hatte sich darauf gefaßt gemacht, daß er nicht ohne weiteres vorgelassen werden würde. Er sagte also:

»Ich komme, um in einer sehr dringlichen Angelegenheit Herrn Daniel Möllmann zu sprechen. Wollen Sie ihm sagen: der Herr, mit dem er gestern im Tiergarten gesprochen, habe einen Dienst von ihm zu erbitten, eine Auskunft.«

»Bitte nur einen Augenblick hier zu verziehen«, sagte die Frau und verschwand. Nach einer kurzen Zeit kam sie zurück mit dem Bescheid: »Herr Möllmann läßt bitten.«

Das Zimmer, in das Gustav geführt wurde, war leer. Es übte in seiner Eigentümlichkeit eine tiefe Wirkung auf ihn. Es war das Zimmer eines Sammlers und Sonderlings, wie man es sich nur ausmalen kann. Die beiden Fenster nach dem Marienkirchhof hatten stark verbleite gelbliche Butzenscheiben, durch die das Licht gedämpft in den traulichen Raum eindrang. Die für die mäßigen Verhältnisse des Raumes etwas großen Möbel gehörten keinem besonderen Stil an. Sie mochten aus den fünfziger Jahren stammen; sie waren aus hellem Efeuholz gefertigt, das mit seiner eigentümlichen Maserung und seinen launischen schwarzen Punkten freundlich und behaglich wirkte. Das Sofa und die Lehnstühle waren mit schwarzem Roßhaarstoff überzogen. An den Wänden ringsum liefen, von einfachen Konsolen getragen, zwei Reihen Gesimse, auf denen in sorgsamer Anordnung Krüge, Kannen und andere tönerne Gefäße aufgestellt waren, in interessanten Formen, in lustigen Farben. Einer der Krüge, der an sichtbarster Stelle gerade dem Schreibtisch gegenüber hingesetzt war, mußte wohl schadhaft sein. Er war mit einer Art Gaze überzogen. In der Mitte der größten Wand stand ein schlichter Glasschrank ohne Verzierung, dessen Inhalt durch grünseidene Vorhänge verborgen wurde, wahrscheinlich die Bibliothek. Auf den Schrank war eine mächtige, sehr kunstvoll gearbeitete Kanne gestellt, die das Prachtstück der Sammlung zu sein schien. Der alte grüne Ofen war von besonderer Schönheit. In der Mitte der Stube stand auf einem einfarbig braunen schlichten Teppich ein sehr großer Tisch mit Schreibzeug, einer Schreibunterlage und verschiedenen Bildermappen, alles mit pedantischer Genauigkeit symmetrisch geordnet und in tadellosem Zustande.

Eine neue Welt für Gustav, eine Zauberwelt, die ihn ganz weich stimmte und rührte. Er fragte sich schon, was ihm die Berechtigung gäbe, in dieses Reich des Friedens und der Beschaulichkeit wie ein wilder Eroberer einzubrechen? Er bedauerte beinahe, nun, da er am Ziele war, daß er dieses Ziel überhaupt angestrebt hatte. Da ging die Tür auf, und Herr Daniel, der offenbar erst etwas Toilette gemacht hatte, trat mit freundlichem Lächeln ein und begrüßte ihn artig. Er nötigte Gustav Platz zu nehmen und fragte, womit er ihm dienen könne. Zunächst etwas stockend, aber im Laufe des Gesprächs immer zuversichtlicher fortfahrend, sagte Gustav:

»Zufällig habe ich gehört, daß Sie sich auf alte Tonwaren gut verstehen; und man braucht sich hier nur umzusehen, um die Gewißheit darüber zu erlangen. Ich sammle auch – das heißt – eigentlich nicht; aber ich habe zufällig vor einiger Zeit von einem Bekannten einen Apostelkrug zum Geschenk bekommen, und ich möchte mich vor allen Dingen über die Echtheit beruhigen. Ich habe ihn gleich mitgebracht... da ist er.«

Er hatte den Krug ausgewickelt und reichte ihn Daniel. Dieser trat an das Fenster, besah ihn flüchtig und blickte dann lächelnd zu Gustav hinüber.

»Vor einiger Zeit?« fragte er. »Lange wird es wohl nicht her sein. Vorgestern habe ich den Krug noch in der Hand gehabt. Er kommt von dem Händler am Zeughause; es ist ein seltenes Frachtstück.«

Er berührte den Krug, wie man einen geliebten Gegenstand berührt, er streichelte ihn förmlich und seine Blicke hatten etwas wahrhaft Zärtliches.

»Es ist ein Prachtstück«, wiederholte er.

»So«, sagte Gustav möglichst gleichgültig. »Ich mache mir eigentlich nicht viel daraus. Ich verstehe nichts davon, und wenn ich wüßte, daß ich Ihnen damit nur eine kleine Freude bereiten könnte, so würde ich mir erlauben, Ihnen das Ding, das für mich gar keinen Wert hat, nach dem ich mich nie gesehnt habe, und das ich nie vermissen werde, als Geschenk anzubieten. Es gehört in diese Sammlung, und erst hier kommt der Krug zu seiner Geltung.«

»Sie sind zu gütig,« sagte Daniel; »aber ich bin wirklich nicht in der Lage, ein so kostbares Geschenk anzunehmen.«

»Aber ich bitte Sie!«

»Ich danke Ihnen sehr für Ihre freundlichen Absichten, aber erweisen Sie mir die Freundlichkeit, nicht mehr davon zu sprechen. Sie wollen mich doch gewiß nicht kränken. Ich habe nicht die Ehre, Sie zu kennen, und ich sehe keine Möglichkeit, Ihnen jemals einen Gefallen zu erweisen; also ich bitte Sie: nehmen Sie Ihr Eigentum wieder an sich und wahren Sie es. Es ist ein sehr schönes Exemplar.«

Gustav fühlte, daß, er eine Ungeschicklichkeit begangen hatte, und es trat eine kurze Pause der Verlegenheit ein.

»Kann ich Ihnen sonst noch mit etwas dienen?« fragte Daniel nach einiger Zeit.

»Ja«, sagte Gustav entschlossen. »Herr Möllmann, ich empfinde es als ein Unrecht, daß ich Sie habe täuschen wollen! Ich will offen und ehrlich mit Ihnen sprechen. Den Krug habe ich mir lediglich verschafft, um eine Anknüpfung mit Ihnen zu finden. Es tut mir leid, daß Sie meinen gutgemeinten Vorschlag nicht so leicht hingenommen haben, wie er gemeint war. Mir würde es angenehm gewesen sein, wenn ich Ihnen eine kleine Freude hätte bereiten können, aber sprechen wir nicht mehr davon, da Sie es nicht wünschen! Das ist ja auch Nebensache. Mich führt etwas anderes zu Ihnen: Sie interessieren mich, und ich möchte Sie gern kennen lernen. Es ist nicht frivole Neugier, die mich dazu veranlaßt, in Ihren stillen Kreis einzutreten, es ist wirkliche Teilnahme. Wenn Sie mich fragen wollten, aus welcher Quelle diese Gesinnung entspringt, so müßte ich Ihnen die Antwort schuldig bleiben. Ich weiß es selbst nicht. Vielleicht aus dem zwecklosen Müßiggange, aus nichts anderem – aber gleichviel: ich möchte Ihnen irgendwie nützlich oder angenehm sein können. Ich habe bis jetzt als echter junger Mensch in den Tag hineingelebt, und ich schäme mich vor mir selbst, daß ich die Kraft meiner Jugend und die Vergünstigung meiner Freiheit in gedankenlosem Egoismus, niemandem zuliebe, nicht einmal mir selbst zu Gefallen, verzettele. Ich bin etwas abergläubisch, und ich habe mir gesagt: ich will mich vom blinden Zufall leiten lassen, vielleicht führt er mich auf den rechten Weg. Ich bin mit Ihnen zusammengetroffen, und da ist mir der Gedanke gekommen, daß Sie am Ende mein Leiter werden könnten. – Lächeln Sie nicht, Herr Möllmann, es bedarf oft nur eines geringen Anstoßes, um die Kugel ins Rollen zu bringen. Seit Jahren verkehre ich in derselben Gesellschaft, mit Leuten in meinem Alter, in meinen Verhältnissen, deren Vergnügungen die meinigen geworden sind, und von denen ich nicht die geringste Anregung zu erwarten habe. Sie sind ein ganz anderer Mensch als alle die, die ich kenne. Sie haben andere Gewohnheiten, eine andere Umgebung, – versuchen Sie es mit mir! Sie führen ein Einsiedlerleben, und es kann doch vorkommen, daß Sie einmal eines Freundes bedürfen. Dieser Freund möchte ich werden. Verfügen Sie über mich, über meine Jugend, über meine Freiheit! Ich würde Ihnen herzlich dankbar sein.«

Daniel hatte dem jungen Manne mit Überraschung und Staunen zugehört. Der Gedanke, daß derselbe etwa einen schlechten Spaß mit ihm beabsichtige, tauchte nicht in ihm auf. Dazu war die Sprache zu frei, der Ausdruck zu natürlich. Er reichte Gustav die Hand und drückte sie. Es verging eine kurze Weile, ehe Daniel antwortete. Es machte ihm offenbar Mühe, seinen Gedanken Ausdruck zu geben. Er wiederholte einige Male:

»Ich danke Ihnen... ich danke Ihnen sehr...« Und dann sagte er: »Der Zufall hat Sie doch nicht glücklich geführt! Ich bin ganz bedürfnislos. Die Leute halten mich sogar für einen Sonderling. Ich wüßte wirklich nicht, wie und wann ich von Ihrem freundlichen Anerbieten Gebrauch machen könnte; denn das, was mich beschäftigt, muß ich allein verrichten. Nochmals danke ich Ihnen herzlich.«

»O, so leicht entgehen Sie mir nicht!« rief Gustav mit wachsender frischer Zuversichtlichkeit. »Mit der einfachen Zurückweisung meines Antrags ist es nicht getan. Ich habe es mir nun einmal in den Kopf gesetzt, mich zu Ihnen zu gesellen, und Sie sollen über die Zähigkeit meines Willens und über meine Beharrlichkeit staunen! Ich werde entsetzlich konsequent sein, da ich ja doch nichts anderes zu tun habe. Sie kennen die Geschichte jenes verrückten Engländers, der jahrelang einem Tierbändiger nachreiste und geduldig auf den Augenblick wartete, da dieser von seinen Löwen aufgefressen werden würde. Ich wünsche Ihnen gewiß alles Gute, und es hat gar keine Wahrscheinlichkeit, daß Sie jemals von irgendeinem Raubtiere verzehrt werden. Aber weshalb sollte Ihnen nicht so gut wie jedem andern Sterblichen einmal irgend etwas zustoßen, weshalb sollten Sie sich nicht einmal nach der Hand eines Freundes umzusehen brauchen? Nun, dann werden Sie erstaunt sein, wie ich zur Stelle bin! Ja, Herr Möllmann, ich werde da sein und Ihnen die Hand entgegenstrecken, die Sie nur zu ergreifen brauchen. Ich werde Ihr Schutzengel sein und Ihnen folgen auf Schritt und Tritt, wie dem verstorbenen Paganini die vermummte Gestalt seines spiritus familiaris! Also, Sie mögen nun wollen oder nicht: Sie werden mich nicht los, ich bin und bleibe der Ihrige!«

Herr Daniel, der für humoristische Äußerungen wahrscheinlich nur wenig Verständnis besaß, begnügte sich mit der Antwort:

»Ach, das dürfte Ihnen mit der Zeit doch wohl etwas langweilig werden. Und was sollte mir wohl zustoßen? – Ich habe schon öfter bemerkt, wie sich die Leute – namentlich junge Menschen in Ihrem

Alter – in einer mir unverständlichen Weise bemüht haben, mit mir in Verbindung zu treten. Ich habe bemerkt, wie sie mich im Tiergarten beobachteten und mir nachgegangen sind, wie sie sich nach mir erkundigt haben. Das hat gewöhnlich einige Tage gedauert, bei einigen sogar wochenlang, aber schließlich haben sie es doch immer wieder aufgegeben; und geradeso wird es Ihnen ergehen.«

»Sie kennen mich schlecht, aber Sie sollen mich noch kennen lernen.«

»Ich glaube kaum, daß es dazu kommen wird.«

»Also Sie wollen mir gewaltsam ausweichen?«

»Ganz und gar nicht. Sie wissen nun, wo ich wohne, und um diese Stunde treffen Sie mich täglich zu Hause. Es wird mir immer ein Vergnügen sein, mich mit Ihnen ein Weilchen zu unterhalten. Ich werde auch nicht versäumen, Ihnen meinen Gegenbesuch zu machen. Aber Sie werden meiner bald überdrüssig werden. Ich bin ein einfacher alter Mann; ich bekümmere mich nicht viel um das, was die Leute tun und treiben. Meine einzige Liebhaberei für alte Tonwaren teilen Sie nicht. Sie werden bald bemerken, daß Sie viel Besseres zu tun haben, als meine Gesellschaft zu suchen. Ich wiederhole Ihnen indessen: ich werde mich jedesmal freuen, Sie hier zu sehen. Nur um eines bitte ich Sie: suchen Sie mich nicht im Tiergarten auf! Da muß ich ungesellig erscheinen, weil ich da etwas Bestimmtes zu tun habe, das mir jede Zerstreuung untersagt.«

Nachdem Gustav noch einmal feierlich beteuert hatte, daß er die Partie nicht so leicht aufgeben würde, und nachdem er Daniel auf dessen Wunsch seine Adresse gegeben hatte, verabschiedete er sich und fuhr nach Hause.

Er war eigentlich etwas entmutigt. Es war ihm gar zu leicht gemacht. Er hatte gehofft, daß er den Zutritt zu Daniel mit großer Anstrengung würde erzwingen müssen, daß dieser ihm untersagen würde, in irgendwelche Beziehungen zu ihm zu treten. Das hätte ihn vielleicht angespornt, das hätte seinen Scharfsinn angeregt, seine Tatkraft gestärkt. Nun war er mühelos bei einem alten freundlichen Herrn gewesen, der ihm nicht das geringste Hindernis in den Weg legte, und der außer seiner gar nicht seltsamen Liebhaberei als Sammler auch nicht das geringste Besondere zeigte: ein Mann wie andere mehr. Und mußte denn seinem regelmäßigen Besuch des Tiergartens ein romantisches Geheimnis zugrunde liegen? War es nicht viel einfacher, anzunehmen, daß der Mann täglich einen hübschen Spaziergang machen wollte und sich diese Stelle ausgesucht hatte, die ihm am besten gefiel? Oder war es eine Schrulle gewöhnlicher Art, deren Ursprung zu erforschen wahrlich nicht verlohnte? – Gustav hatte schon jetzt einiges Verständnis für die Auffassungen der Nachbarn und der Frau Maukel, die sich um Daniel gar nicht mehr bekümmerten. Das aber mochte er sich einstweilen noch nicht eingestehen. Am nächsten Tage ging er also wieder in den Tiergarten, um sich zu überzeugen, daß Daniel zur richtigen Zeit an der richtigen Stelle wäre; dasselbe tat er auch im Laufe der folgenden Wochen einige Male. Er hielt es auch für seine Pflicht, seinen Freund, der ihm richtig seine Karte gelassen hatte, noch einmal zu besuchen; aber weder bei diesem Besuche noch bei dem dritten und letzten, den er ihm machte, ereignete sich irgend etwas, das seine Teilnahme für Daniel hätte wiederbeleben und bestärken können.

Noch einige Wochen gingen ins Land, und Gustav dachte nur in seltenen Fällen und nur flüchtig an den regelmäßigen Gast des Tiergartens. Mit der Erinnerung an Daniel waren auch seine guten Vorsätze, ein neues, vernünftigeres Leben anzufangen, immer tiefer in den Schatten gerückt. Er lebte weiter, wie er früher gelebt hatte, und unterhielt sich dabei recht gut. Der Sommer war da, Berlin entvölkerte sich, und Gustav überlegte sich, ob er nach der Schweiz oder nach Skandinavien gehen wolle. Daniel hatte recht behalten: Gustav hatte ihn gänzlich vergessen.

In letzterer Zeit hatte Gustav auffallend viel von Norwegen gesprochen. Er hatte einen Reiseführer durch Skandinavien gekauft und über das Land mancherlei Neues erfahren; und er fühlte alsbald den natürlichen Drang, die eben errungenen Kenntnisse gelegentlich seinen Freunden als etwas allgemein Bekanntes mitzuteilen.

Es war Anfang Juni. Alles war für die Abreise vorbereitet; morgen oder übermorgen wollte er Berlin verlassen, um die Wunder des Nordens kennen zu lernen. Heute hatte er mit seinen Freunden das Abschiedsmahl eingenommen; er wollte nur eben einmal bei sich vorspringen, um seine Zigarrentasche zu füllen und dann mit seinen Bekannten in der Flora wieder zusammenzutreffen. Als der Diener ihm öffnete, überreichte er ihm zugleich einen Brief, den eine alte Frau gebracht hatte. Gustav erkannte auf den ersten Blick die charakteristischen scharfen Schriftzüge von Daniel Möllmann, die sich von seinem Besuche bei dem Antiquitätenhändler her seinem Gedächtnis eingeprägt hatten. Neugierig öffnete er den Umschlag und las:

»Geehrter Herr und junger Freund!

Es ist die Stunde gekommen, in der ich Sie an Ihr Versprechen erinnern darf. Sie können mir einen Dienst erweisen. Wenn Sie dazu noch immer bereit sind und wenn es Ihre Zeit erlauben sollte, so möchte ich Sie höflichst bitten, mich recht bald, womöglich noch im Laufe des heutigen Tages, spätestens morgen vormittag, mit Ihrem Besuch zu beehren.

Mit vorzüglicher Hochachtung

Daniel Möllmann.«

Gustav war schnell entschlossen. Er schrieb eine entschuldigende Zeile und sandte dieselbe durch seinen Diener an Edgar von Kößler, der im Klub auf ihn wartete. Er selbst nahm eine Droschke und fuhr sogleich zu Daniel. Die alte Frau mit dem breiten Gesicht führte ihn ohne weiteres durch das ihm wohlbekannte Zimmer mit den Butzenscheiben in die anstoßende Schlafstube – ein ganz bescheiden ausgestattetes sauberes Gemach, das ungefähr ebenso groß war wie die Wohnstube, wegen des spärlichen Mobiliars aber größer erschien. Dasselbe enthielt nur das Bett, einen Kleiderschrank, einen Waschtisch, einen Nachttisch und drei oder vier mit Stroh beflochtene Stühle, – alte steife Möbel aus massivem Mahagoni gefertigt, die mit den Jahren erheblich nachgedunkelt hatten. – Daniel lag im Bett. Er war mit gewohnter Sorgfalt frisiert, und die beiden Locken an den Schläfen waren geradeso gelungen wie an den andern Tagen. Als Gustav in das Zimmer trat, nahm das Gesicht des Kranken den Ausdruck der hellsten Freude an.

»Ich habe mich nicht in Ihnen getäuscht«, sagte Daniel, indem er Gustav bat, neben seinem Lager Platz zu nehmen. »Ich bin Ihnen aufrichtig dankbar.«

Auf Gustavs teilnahmvolle Frage gab Daniel den Bescheid, daß, ihm im Laufe des Nachmittags ein kleiner Unfall zugestoßen sei, der ihn leider für die nächsten Tage an das Bett fessele – seit vollen dreiundzwanzig Jahren zum ersten Male. Er war auf einer der Steinstufen, die zur Haustür hinanführten, ausgeglitten – ein Dienstmädchen hatte dort Wasser verschüttet – er war hingefallen, sein rechter Fuß war umgeknickt, und dabei war eine Sehne übergesprungen. Nur mit großer Anstrengung und starken Schmerzen hatte er sich bis zu seiner Wohnung hinaufschleppen können; der sofort herbeigerufene Arzt hatte den schon stark angeschwollenen Knöchel verbunden und für die nächsten Tage die vollkommenste Ruhe anbefohlen.

»Und nun,« schloß Daniel seinen Bericht, »werden Sie wohl schon erraten, weshalb ich Sie zu mir gebeten habe. Es ist eine große Gefälligkeit, die ich von Ihnen verlange, und ich verüble es Ihnen ganz und gar nicht, wenn Sie mir meine Bitte versagen. Ich werde dann eben sehen, wie ich mir helfen kann. Ich habe schon an meine alte Marianne gedacht; aber es würde mich doch beunruhigen. Ruhig wäre ich, wenn Sie mich vertreten wollten.«

Gustav sah Daniel fragend an. Er verstand ihn offenbar nicht.

»Ich denke,« fuhr Daniel fort, »daß es sich nur um einige Tage handeln kann, um zwei, drei Tage, nicht mehr. Wenn Sie mir da die Nachmittagsstunden von drei bis halb fünf opfern und anstatt meiner im Tiergarten warten wollten – ich würde Ihnen den Dienst nie vergessen.«

Der junge Mann blickte auf den Kranken, der ihn mit einem rührend bittenden Ausdruck ansah.

»Ich soll Sie an der Luiseninsel ablösen?« fragte er. »Ich soll da auf jemand warten? – Aber auf wen denn?«

»Auf die blonde Dame, die ich Ihnen bei unserer ersten Begegnung beschrieben habe.«

»Sie haben Sie noch nicht getroffen?« fuhr Gustav fragend fort.

»Noch nicht«, antwortete Daniel ruhig. »Aber sie wird kommen, ich weiß es.«

Gustav sah den Alten mit immer erstaunteren Blicken an.

»Aber darüber sind doch nun schon Monate vergangen?«

»Mehr als Monate«, versetzte Daniel trübe lächelnd. »Aber das tut nichts! Sie wird kommen.«

Es blieb eine Weile still. Gustav betrachtete mit liebevoller Aufmerksamkeit den Kranken, der ruhig, milde lächelnd vor sich auf die weiße Decke blickte und in der Erinnerung an die Vergangenheit die Gegenwart ganz zu vergessen schien. Obwohl Gustav in Daniels Wesen bis zu diesem Augenblick nichts Seltsames und Auffälliges hatte wahrnehmen können, so ward es jetzt für ihn doch zur Gewißheit, daß der alte Herr von einem harmlosen Wahngedanken beherrscht wurde. Er hatte wirkliches Mitgefühl mit Daniel, und er gab sein Vorhaben auf, unter dem berechtigten Vorwande, daß er Berlin am andern Morgen verlassen wolle, eine artig ablehnende Antwort zu geben.

»Ist Ihnen denn so viel daran gelegen?« nahm er endlich wieder das Wort, »daß ich Sie in den Nachmittagsstunden an der Luiseninsel vertrete?«

»Mehr als ich Ihnen sagen kann.«

»Aber, verzeihen Sie mir, wenn Sie dort schon seit langer, langer Zeit vergeblich warten, so ist die Wahrscheinlichkeit doch eine äußerst geringe, daß ich erfolgreicher sein werde – um so geringer, als ich nach Ihrer unvollkommenen Beschreibung mich sehr leicht irren kann.«

»Ein Irrtum ist unmöglich«, sagte Daniel ruhig. »Wenn die Dame, die ich meine, kommt, so werden Sie sie auf den ersten Blick erkennen; ich könnte mich einer jeden weiteren Beschreibung enthalten... Der Zufall spielt seltsam – ich spreche aus Erfahrung! Der Gedanke, daß sie gerade an einem Tage, an dem ich zur Stelle zu sein verhindert war, mich vergeblich aufgesucht haben könnte, würde mich immer wieder beunruhigen, und diese Ungewißheit würde mich mehr peinigen, als mich das geduldige Ausharren je gepeinigt hat. Und, weiß Gott, das Warten ist kein Kinderspiel! Wie es an meiner Seele gezehrt, wie es meine Kräfte zerrieben hat – ich habe nie darüber ein Wort der Klage laut werden lassen, aber in den letzten Monaten habe ich es doch recht stark gefühlt; und wenn mich nicht die Hoffnung, daß ich sie dennoch wiedersehen werde, aufrecht erhielte, – ich wäre schon zusammengebrochen! Was mich tief bekümmert, ja, was mich erschreckt, ist, daß diese Hoffnung, die ich mir durch lange Jahre leuchtend bewahrt hatte, sich gerade in der letzten Zeit zu trüben begonnen hat. Der kleine Anfall, der mir zugestoßen ist, ist für mich wie eine Warnung gewesen, wie ein Vorzeichen, daß es mit mir zu Ende geht. Ich fürchte mich nicht vor dem Ende: denn ich weiß, ich werde sie wiedersehen, hier oder dort! Vielleicht ist sie mir ja schon vorangegangen, vielleicht hat sie bloß deshalb ihr Wort nicht einlösen können. Nicht mehr! – oder noch nicht! Das ist die Frage. Aber in der Ungewißheit darüber muß ich hier meine Pflicht tun: ich darf mir nichts vorzuwerfen haben. Sie soll mich niemals beschuldigen dürfen, daß ich mein Wort nicht gehalten habe, und deswegen habe ich gewartet und gewartet und warte und werde warten, solange mein Herz noch schlägt.« Daniel, der seine Rede schon leise begonnen hatte, hatte die Stimme immer mehr gesenkt, und die letzten Worte waren kaum vernehmbar über seine Lippen gekommen. Er blickte starr vor sich hin, und Gustav fand kein Wort der Erwiderung, als er geendet hatte. Es war inzwischen dunkel geworden. Gustav ließ keinen Blick von dem Kranken, der halb aufrecht auf seinem Bette lag und mit beiden Händen gleichmäßig an der Decke zupfte. Die Tür ging vorsichtig auf, Marianne brachte die grüne Schirmlampe und ließ die Vorhänge herunter. Als sie ebenso leise das Zimmer wieder verlassen hatte, wandte sich Daniel zu Gustav und sagte ihm lächelnd:

»Aber Sie haben ja anderes zu tun, junger Freund, als hier am Bette eines kranken Mannes zu sitzen, den Sie wenig oder gar nicht kennen...«

»Den ich aber gern besser kennen lernen,« nahm Gustav das Wort, »dem ich von Herzen gern nützlich sein möchte! Bei unserer ersten Begegnung habe ich Ihnen gesagt: ich will nicht frivol in das Geheimnis Ihres Lebens eindringen. Nun aber sehe ich, daß Sie unter diesem Geheimnis schwer zu leiden haben, und da Sie zu mir nun einmal Vertrauen gefaßt haben, sollten Sie nicht so verschlossen sein.«

Daniel reichte dem jungen Manne die Hand und drückte sie herzhaft:

»Sie haben recht; ich will Ihnen etwas erzählen! Und Sie brauchen
mir nicht Verschwiegenheit zu geloben; ich sehe es Ihnen an und
ich fühle es, daß ich vor Ihnen offen sprechen darf. Und jetzt, da ich
mich so elend fühle, ist es mir eine Erleichterung, daß ich das, was
Sie das Geheimnis meines Lebens nennen, einem freundlich gesinn-
ten Manne mitteilen darf. So hören Sie denn meine Geschichte!«

*

»Sie waren wohl kaum geboren, als ich meine Vaterstadt verließ und hierher nach Berlin ging. Ich wollte mich im Zeichnen und in der Kenntnis alter Muster und Formen vervollkommnen, denn ich hatte geringe Lust, in das väterliche Geschäft einzutreten. Ich hatte die Neigung von meinem Großvater, der als bescheidener Töpfer angefangen, durch seinen Geschmack und seine Umsicht aber sich mit der Zeit zum angesehenen und wohlhabenden Mann heraufgearbeitet und sein Handwerk stets als wahres Kunstgewerbe betrieben hatte – dessen Neigungen hatte ich ererbt. Ich besuchte die Gewerbeschule und arbeitete einige Zeit recht fleißig. Ich kam in schlechte Gesellschaft. Zwischen meinen verheirateten Geschwistern und mir trat ein völliges Zerwürfnis ein. Mein armer Vater aber bewahrte mir bis zu seinem Tode seine Liebe.

Eine Zeitlang wurde ich durch diesen Unglücksfall wieder vernünftig und ordentlich; es dauerte jedoch nicht lange. Das wilde Leben begann aufs neue, und da ich über ein gewisses Vermögen verfügen konnte, lebte ich zügellos und ausschweifend in den Tag hinein. Ein Held an Kraft war ich nie gewesen, meine Gesundheit war vielmehr ziemlich zart und schwankend, und die unausbleiblichen Folgen meiner wüsten Nachtwachen, die einen Stärkeren umgeworfen hätten, ließen nicht lange auf sich warten. Ich erkrankte lebensgefährlich an einem Typhus, von dem ich wie durch ein Wunder doch schließlich genas.

Es war mir immer noch eine große Schwäche zurückgeblieben, und namentlich mit meinem armen Kopfe war es nicht ganz in der Ordnung. Eine Kleinigkeit erregte mich fieberhaft, die geringste Anstrengung verursachte mir Kopfschmerzen, die leichteste Lektüre war mir eine schwere Arbeit. Ich mußte alle Zerstreuungen meiden, jede Geselligkeit aufgeben, ich durfte mir nicht einmal selbst Unterhaltung verschaffen, und so dämmerte ich denn tatenlos, fast gedankenlos von einem Tage zum andern. Eine gewisse Schwermut bemächtigte sich meiner. Die ärztliche Vorschrift, die Menschen zu meiden, wurde mir bald zu einer angenehmen Gewohnheit. Ich wurde menschenscheu, und das bin ich eigentlich auch nie wieder losgeworden.

In der fast ununterbrochenen Einsamkeit brütete mein noch immer krankes Gehirn allerhand törichte Dinge aus. Ich faßte ein unüberwindliches Mißtrauen gegen gewisse Leute, mit denen ich umgehen mußte, gegen meine Wirtsleute, gegen einen Briefträger, der mich immer auf eine besondere Weise ansah. Ich mußte auch oft an einen Bekannten denken, mit dem ich den letzten Abend vor meiner Erkrankung verbracht hatte, und glaubte, daß dieser Mann die Ursache meines Leidens sei. Der Gedanke an diesen Bekannten beängstigte mich unsagbar. Ich wurde ihn nicht los; bisweilen wurde ich aus dem Schlafe aufgejagt, ich fühlte, wie er mich am Halse packte und mir die Gurgel zuschnürte. Ich wäre um meinen Verstand gekommen, hätte ich dieses Geheimnis noch länger für mich allein bewahrt. Ich ging zu einem bekannten Arzt, dem inzwischen verstorbenen Dr. Ideler, und schilderte ihm meinen Zustand. Der Arzt nahm sich meiner in der liebevollsten Weise an. Er schickte mich aufs Land, in den Wald; er sagte mir, ich solle mich müde laufen, und wenn ich von dem Gedanken an den, der mich verfolgte, wieder angewandelt würde, mir immer klar machen, daß es etwas Krankhaftes sei, daß der Betreffende gar nicht in der Nähe und ein durchaus guter Mensch sei, der nichts Übles im Schilde führe. Ich begab mich in ein kleines thüringisches Dorf, und die völlige Ruhe tat mir sehr wohl. Nach einem Vierteljahr war ich in völliger Genesung. Meine Kräfte hoben sich, und die Hirngespinste war ich los.

Als neuer und gesunder Mensch kehrte ich zum Herbste nach Berlin zurück und nahm hier diese Wohnung, die ich noch heute innehabe. Das war im Oktober des Jahres 1857. Ich lebte in völliger Zurückgezogenheit ruhig für mich und fing an, wieder ein wenig zu arbeiten. Ein wenig – nicht viel, denn ich mußte mich noch sehr schonen. Von Zeit Zu Zeit besuchte ich auch ein Theater, ich las dies und das, und so verging mir der Winter ziemlich schnell. Wöchentlich zwei- oder dreimal besuchte ich den Arzt, und dieser konnte meine Auffassung bestätigen, daß meine Besuche nicht mehr dem Manne der Wissenschaft, sondern lediglich dem wohlwollenden Freunde galten.

An einem der letzten Tage des Januar 1858 war bei Kroll ein großes Fest, von dem die Zeitungen schon wochenlang vorher beständig gesprochen hatten. Es galt, wenn ich mich recht entsinne, der Vermählungsfeier unsres Kronprinzen mit der Prinzessin Viktoria. Großes Konzert, patriotische Gesänge, Festvorstellung, lebende

Bilder, und ich weiß nicht, was noch alles auf dem verlockenden Programm stand. Von den Vorstellungen und Aufführungen an jenem Abende habe ich nur eine sehr schwache Erinnerung bewahrt. Nur eines weiß ich noch ganz genau, nur eines – Sie sollen es gleich erfahren.

Alle Säle waren überfüllt, es konnte kein Apfel Zur Erde fallen. Von dem Kellner wurde ich an einen Tisch gewiesen, an dem noch ein Stuhl unbesetzt war. Es war da eine Gesellschaft von sieben oder acht Personen vereinigt, die offenbar zusammengehörten, und die dem Eindringling zunächst nicht allzu freundlich entgegenkamen. Ich entschuldigte die Störung, so artig ich konnte, und ein älterer Herr, der das Familienoberhaupt zu sein schien, antwortete mir darauf einige freundliche Worte. Ich hatte mich bescheiden gesetzt und noch nicht weiter umgesehen. Auf einmal fiel mein Blick auf meine Nachbarin. Ach, mein junger Freund, wie soll ich Ihnen nun schildern, was nicht zu beschreiben ist! – Nie habe ich ein schöneres, anmutigeres Mädchen gesehen! Sie hatte ihre lichtblonden Haare zu einem einfachen Knoten geschlungen, ein rosiger jungfräulicher Hauch lag über den runden Wangen, der lebensfrische, wie zu beständigem Lächeln halb geöffnete Mund zeigte die reizendsten Zähne, und die Augen, diese Augen! – Tief wie das Meer, und doch so heiter, so unschuldig. Ich fuhr zusammen, als ob mich ein Zauber berührt hätte, und war von dem Anblicke wie gebannt. Sie sah mich zunächst wohl nur neugierig an, aber gleich darauf fühlte ich, daß wir uns verstanden. Sie hatte es deutlich empfunden, wie sie mich bis ins Innerste ergriffen hatte, und ich täusche mich nicht, wenn ich sage, daß ihr Lächeln immer freundlicher und freundlicher wurde. Wäre ich nur weniger verliebt und ein klein wenig klüger gewesen! Hätte ich die kostbare Zeit nur ausgenutzt und wenigstens zu erfahren gesucht, wer das Mädchen an meiner Seite war; aber ich konnte an nichts denken.

Die Gesellschaft, die mit den Vorgängen auf der Bühne so beschäftigt war, daß, sie sich um mich nicht weiter kümmerte, bemerkte zum Glück mein auffallendes Gebaren nicht weiter; nur das junge Mädchen selbst wurde dessen gewahr. In einer Pause konnte ich mich, ohne aufdringlich zu sein, an dem Gespräche der übrigen beteiligen. Es waren Fremde, denen ich, da ich Berlin genau kannte, über diese und jene Frage, die sie beschäftigte, Auskunft zu geben vermochte. Es waren zuvorkommende, gebildete Leute aus der Provinz, wahrscheinlich vom Lande – eine Rittergutsbesitzersfamilie, meine ich. Meine Nachbarin war die Tochter des Herrn, der mit mir die ersten Worte getauscht hatte. Noch ein anderes junges Mädchen gehörte zu dieser Gesellschaft, eine Einheimische, die aber viel weniger hübsch war; es war, wie sich im Laufe des Gesprächs herausstellte, die Cousine meiner Nachbarin. Die beiden jungen Mädchen unternahmen, wie ich ferner hörte, oft gemeinsame Spaziergänge und besichtigten auch gemeinsam diejenigen Sehenswürdigkeiten, an denen die andern kein besonderes Gefallen finden wollten.

Während unseres Gesprächs befestigte sich in mir immer mehr und mehr die Überzeugung, daß Leonore – so hieß das wunderhübsche Mädchen – ganz genau wußte, wie mir ums Herz war, und daß sie sich freudig davon berührt fühlte. Ich merkte, daß ich ihr sympathisch war. Durch kleine Fragen war sie beflissen, mich an der Unterhaltung immer wieder zu beteiligen, und dies geschah in einer so freundlichen, liebevollen Weise, daß ich hätte aufjubeln mögen. Sie stimmte dem zu, was ich sagte, sie gab mir recht, als ich eine den Ansichten ihres Vaters entgegengesetzte Behauptung aussprach – mit einem Worte: in kurzer Zeit hatte sich zwischen uns eine feste und eben nur uns beiden wahrnehmbare Gemeinsamkeit gebildet, die gewissermaßen den andern Trotz bot. Wir hielten zueinander, wie junge Leute zusammenhalten, die zusammen gehören. Es überlief mich, als mein Arm zufällig den ihren streifte; und ich sah, wie sie errötete und die Augen niederschlug.

In einer der großen Pausen zwischen zwei Hauptteilen wurde vom Vater der Vorschlag gemacht, die Transparentbilder in den kleinen Sälen zu besichtigen. Ich bat um die Erlaubnis, mich der Wanderung anschließen zu dürfen, und diese wurde mit Freuden gewährt. Ich ging neben Leonoren, und das starke Menschengewühl drängte uns hart aneinander. Ich suchte nach ihrer Hand, die mir verlangend schon entgegenstrebte. Ich hielt die kleinen Finger umschlossen und drückte sie leise. Sie erwiderte zitternd den Druck und ließ ihre Hand sorglos in der meinigen. Wir standen im dichtesten Gedränge. Der Saal war, um die Wirkung der Transparentbilder zu erhöhen, fast ganz dunkel. Zwischen Leonorens Angehörige und uns hatten sich einige andere geschoben. Wir waren in dem großen

Menschenknäuel ganz allein. Ich bog mich zu ihr und flüsterte ihr ins Ohr – ich weiß nicht mehr, was ich ihr gesagt habe, aber sie glaubte mir, und sie war dessen froh. In dem matten Widerschein, der von den hell beleuchteten Bildern auf den dunkeln Saal geworfen wurde, sah ich sie lächeln, ich hörte wie Freudenseufzer ihre beschleunigten Atemzüge, sah, wie ihr Busen sich hob, und fühlte, wie sie bebte. Ich weiß nicht, wie oft ich ihr dasselbe gesagt habe. Es war so einfach und verständlich, aber ich sagte es doch immer wieder; und als aus dem großen Saal der Orchestertusch den Anfang des neuen Teils verkündete, war ich noch lange nicht damit fertig. Und nun entleerte sich der kleine Saal, und wir waren wieder mit den andern vereint, und ich hatte noch nichts verabredet, noch nichts gesagt, was ein Wiedersehen ermöglichte. In aller Eile raunte ich ihr noch zu:

»Ich muß Sie wiedersehen – morgen!«

»Wo?«

»Im Tiergarten, an der Luiseninsel, an der kleinen Lichtung diesseits vom Kemperplatz. Haben Sie verstanden?«

»Ich glaube.«

»Und Sie kommen?«

»Ich komme zwischen drei und vier Uhr.«

Wir hatten an unserm Tische wieder Platz genommen. Die andern hörten den musikalischen Vorträgen zu, wir beide lebten unser Leben für uns. Ich wurde so zuversichtlich und keck, daß ich auch im hellen Saal, angesichts des Vaters und der Anverwandten, Leonorens Hand erfaßte und den Mut hatte, von den gleichgültigsten Dingen zu sprechen, während ich die kleinen Finger des himmlischen Mädchens fest umschlossen hatte und drückte. Und sie war geradeso verwegen wie ich. Ich mußte über sie staunen! Wie geschickt und natürlich sie das Gespräch auf den Tiergarten brachte und sich von mir vor den übrigen die Namen wiederholen ließ, die sie vielleicht nicht genau genug verstanden hatte! Sie ließ sich die Lage des Kemperplatzes schildern, sie fragte, wo die Luiseninsel sei, sie wiederholte genau die Bezeichnung des Platzes, den ich ihr angegeben hatte, und sie sagte schließlich zu ihrer Cousine:

»Vom Tiergarten kenne ich eigentlich noch viel zu wenig, wir wollen doch morgen nachmittag einen Spaziergang machen. Ich möchte die Luiseninsel so gern einmal sehen. Also, es bleibt dabei: morgen nachmittag zwischen drei und vier Uhr.«

»Es bleibt dabei... bleibt dabei!« wiederholte der Vater mit dem Ton eines Zweifels. »Du sprichst wie ein richtiges junges Ding. In der jetzigen unfreundlichen und unbeständigen Jahreszeit kann man keine Spaziergänge verabreden. Wenn es nun morgen stürmt und schneit, wirst du dann auch im Tiergarten lustwandeln?«

»Wenn es morgen nicht geht, dann an einem der folgenden Tage«, sagte Leonore und sah mich dabei bedeutungsvoll an.

Wir tauschten einen Blick des Einverständnisses. Es war zwischen uns eine feste Verabredung getroffen. Nun war ich froh, und wenn ich auch über die Grausamkeit des Geschickes klagte, daß dieser Abend so schnell dahingerauscht war, so hatte ich doch das Bewußtsein: ich werde sie wiedersehen – und ich war glücklich. Noch lange blieb ich sitzen, nachdem sich die Gesellschaft von mir verabschiedet hatte. Ich war wie in einem Traum. Als letzter Gast verließ ich den Saal. Die ganze Nacht tat ich kein Auge zu. Auf demselben Stuhl, auf dem Sie jetzt sitzen, harrte ich dem kommenden Tage entgegen, und ich war keines andern Gedankens mächtig als dessen: daß ich sie wiedersehen würde.

Als ich um zwei Uhr nachmittags aus dem Hause trat, tobte ein schreckliches Unwetter. Dichter Schnee, mit Hagelkörnern vermischt, stob von dem grauen Himmel hernieder. Ein eisiger, scharfer Ostwind wirbelte die weißen Massen zu Haufen zusammen. Die Straßen der Stadt waren ungewöhnlich leer, und im Tiergarten ließ sich fast kein Mensch blicken. Der Tiergarten war damals noch nicht, was er heute ist, und Sie sind zu jung, um zu begreifen, daß zu jener Zeit die Luiseninsel noch ein ganz entlegener Punkt war. Die Tiergartenstraße bestand noch aus einer Reihe von kleinen Landhäusern mit Vorgärten, die zum großen Teil während des Winters gar nicht bewohnt waren. Ich war pünktlich um drei Uhr zur Stelle. Der schneidende Wind pfiff mir um die Ohren und peitschte die Flocken und Schloßen mit solcher Gewalt mir ins Gesicht, daß ich es fast schmerzhaft empfand. Ich hatte geringe Hoffnung, daß Leonore bei diesem Wetter kommen würde; aber ich hatte gesagt, daß ich zur Stelle sein würde, und ich hielt aus. Ich war ganz allein. Die Läden der gegenüberliegenden Häuser waren geschlossen, und der Fahrweg war mit hohem Schnee bedeckt und zeigte nur undeutlich die Spuren der Wagen. Kein menschlicher Laut ließ sich vernehmen. Nur der scharfe Ostwind pfiff sein unheimliches Lied, und die kahlen Zweige ächzten. Es verging eine Viertelstunde, eine halbe Stunde; die Zeit wurde mir lang. Auf einmal hörte ich Peitschenknall und Schellengeläute. Vom Kemperplatz her sah ich einen Schlitten herankommen. Er näherte sich schnell. Ich erkannte zwei weibliche Gestalten, die die Pelzkragen aufgeschlagen hatten und sich durch dichte Schleier gegen das böse Wetter zu schützen suchten. Jetzt war der Schlitten in meiner nächsten Nähe, und ich erkannte Leonoren. Ich sah deutlich, wie sie mir zunickte. Sie zog die Hand aus dem Muff und streckte sie wie unabsichtlich über die Lehne des Schlittens. Ein zusammengefaltetes weißes Blatt flatterte in den Schnee. Der Schlitten jagte vorüber. Ich ging auf den Fahrdamm, fand das Blatt, hob es auf und bemerkte, wie Leonore sich nun umwandte, um sich zu vergewissern, ob auch ihre Botschaft an mich gelangen würde. Ihre Begleiterin, die Cousine, die sich fröstelnd in die Ecke gedrückt hatte, schien nichts bemerkt zu haben. Ich schwenkte das Briefchen in der Luft und begrüßte Leonoren damit, als der Schlitten in die Seitenallee einbog und meinen Blicken entschwand. Noch einige Augenblicke hörte ich das leise Gebimmel aus der Ferne und dann nichts mehr. Nur wenige Worte enthielt das Blatt:

»Ich muß abreisen, aber nur für kurze Zeit. Ich sehe Sie wieder. Vergessen Sie nicht

Ihre

Leonore.«

»Ich habe sie nicht vergessen, und ich werde sie auch nie vergessen«, setzte Daniel nach einer Pause trübe lächelnd hinzu. »Sie ist indessen noch nicht wiedergekommen. Aber sie wird wiederkommen, ich weiß es, sie muß wiederkommen, sonst würde ich an der Gerechtigkeit hienieden verzweifeln. Der Glaube darf nie in mir erschüttert werden; es ist das einzige, was mich noch am Leben hält. Mögen mich die Toren einen Sonderling heißen, ich weiß, daß ich das Rechte tue. Sie wird kommen! Sie hat es mir versprochen, und sie lügt nicht! Und deshalb habe ich keinen Tag versäumt, ohne rechtzeitig zur Stelle zu sein. Ach, junger Freund, ich habe dabei manches ausgestanden und mehr gelitten, als ich Ihnen sagen kann; aber ich bin doch nicht verbittert, denn ich weiß, daß ich sie wiedersehe, und das macht mir das Leben noch lebenswert. Langsam, langsam sind die ersten Tage dahingekrochen, langsam auch die ersten Monde. Aber allmählich hat die Zeit ihre Schritte beschleunigt, und wenn ich mir überlege, daß nun dreiundzwanzig Jahre dahingerauscht sind, so meine ich, ich träume. Alles um mich her hat sich verändert. Da, wo früher die kleinen Häuschen mit den Vorgärten standen, erheben sich nun prächtige Paläste. Ich habe sie alle entstehen sehen. Ich habe gesehen, wie die Straße der Luiseninsel gegenüber gebrochen und bebaut ist, wie an der Lisière des Tiergartens durch die Beseitigung der alten Mauer neue Prunkstraßen entstanden sind. Ich habe es gesehen und habe es auch nicht gesehen. Es hat mich wenig gekümmert. Ich bin mit jedem jungen Tage zur selben Stunde an derselben Stelle gewesen mit denselben Gedanken, mit demselben immer unerfüllten Hoffen. Ich weiß kaum, ob es friert oder taut, ob es regnet oder schneit, ob die Sonne lächelt oder sich verhüllt. Ich weiß nur, daß ich da sein muß und daß sie kommen wird. Deshalb habe ich auch nie krank werden dürfen; und daß mir jetzt dieser Unfall zugestoßen ist, das ist wider alle Verabredung. Ich muß morgen da sein, denn wenn ich sie einmal verfehlte, wäre sie ihres Versprechens ledig, da ich dann dem meinigen untreu geworden wäre. Könnte ich mich nur rühren! – Sie müssen hingehen, junger Freund, Sie müssen mir den Dienst erweisen! Die Unruhe und die Ungewißheit würden mich tödlich peinigen.«

Daniel hatte sich während der letzten Worte sehr erregt. Seine Wangen zeigten die unheimliche Röte des Fieberkranken. Gustav beruhigte ihn, so gut er konnte, und versprach ihm, daß er bis zur Gesundung dessen Stelle einnehmen wolle und ihm genauen Bericht erstatten werde.

»Und seit jener Zeit,« fragte er endlich, »haben Sie nie wieder etwas von Leonoren vernommen?«

»Doch! Noch einmal. Im Jahre 1871, am Tage des feierlichen Einzugs der siegreichen Truppen. Ich hatte schon während des Vormittags jenes Tages eine ganz merkwürdige Ahnung. Ich sagte mir: heute muß ich sie wiedersehen! Es waren viele Fremde aus der Provinz gekommen, weshalb sollte sie nicht dabei sein? Zu gewohnter Stunde brach ich von hier auf. Ich hatte nicht berechnet, daß mir ungewohnte Schwierigkeiten gemacht würden, um meinen alten Platz zu erreichen. Ich mußte einen großen Umweg nehmen. Schließlich war ein Teil des Tiergartens abgesperrt, und so kam ich erst um dreiviertel vier an der Luiseninsel an. Es war kein Mensch da. Mich faßte eine unbeschreibliche Unruhe. Ich erkundigte mich in der kleinen Konditorei und hörte dort, daß allerdings zwei Damen vor einer halben Stunde dagewesen seien und sich suchend umgesehen hätten. Die eine war Leonore!«

Gustav lächelte und versuchte vergeblich, dem alten Manne das Unwahrscheinliche seiner Annahme klarzumachen. Aber er blieb dabei:

»Sie war es und keine andere! Die Beschreibung stimmte ganz genau! Es stimmte alles, selbst das kleine rosa Mal, das Leonore am Kinn hatte. Sie war es!.. Wenn sie mir nur vergeben kann!«

Daniel sah so bekümmert drein, daß Gustav es als seine Pflicht erkannte, sich alle Mühe zu geben, ihm den Gedanken, daß er Leonoren an dem einen Tage verfehlt habe, auszureden: nach einer oberflächlichen Beschreibung von seiten einer Person, die kein besonderes Interesse zur Sache gehabt, ließe sich doch die Identität sehr schwer feststellen. – Daniel schüttelte langsam den Kopf:

»Eine Verwechslung ist unmöglich. Wer Leonoren einmal gesehen hat, der kann sie nicht mit einer andern verwechseln.«

Er blickte sich plötzlich scheu, beinahe ängstlich im Zimmer um und bedeutete Gustav, sich ihm zu nähern. Mit kaum vernehmbarer Stimme raunte er ganz leise in Gustavs Ohr:

»Ich will sie Ihnen zeigen, ich habe ihr Bild.«

Er machte eine Pause und sagte dann noch leiser:

»Durch dies Geständnis haben Sie mich in Ihren Händen; – es, ist das einzige Verbrechen meines Lebens.«

Gustav bog den Kopf unwillkürlich etwas, zurück; bei diesem seltsamen Vortrage des kranken Mannes wurde ihm offenbar nicht ganz geheuer.

»Ja,« hauchte Daniel, »ich bin ein Verbrecher, ich bin ein Dieb! Ich habe zwar den Betrag reichlich ersetzt, aber es ist darum doch geschehen. – Von einem Händler hörte ich, daß ein Photograph Unter den Linden einen schönen alten Krug zu verkaufen habe. Ich ging in den Mittagsstunden zu dem Manne. Man ließ mich warten. Ich blätterte in einem Album, und da fand ich ihr Bild. Ich sah mich um – ich war allein – ich habe es genommen! Ich habe den geforderten Preis für den Krug bezahlt, obwohl er viel zu hoch war, und bin davongelaufen mit dem Raub in der Tasche. Ich habe den Unglückskrug, der mich immer an meine Schande erinnern soll, gerade vor den Schreibtisch gestellt, damit ich nie vergesse, was ich getan habe, und habe ihn verschleiert. Es hat mir keine Ruhe gelassen. Ich habe das Bild wiederbringen wollen. Aber ich habe mich nicht von ihm trennen können. Ich habe anonym durch Posteinzahlung den zehnfachen Betrag eingesandt, – aber ich habe doch gestohlen.«

Der Alte sprach alles das mit stockender, heiserer, ganz leiser Stimme, und sein sonst so ruhiges, treues Auge blickte geängstigt um sich.

»Aber mein lieber Herr Möllmann,« sagte Gustav, »beruhigen Sie sich doch! Das ist kein Verbrechen, das ist kein Diebstahl! Das nennt man mit dem studentischen Ausdruck, ausführen'. Sie haben überdies den Photographen für den zweifelhaften Verlust reichlich entschädigt – machen Sie sich keine Gewissensbisse wegen der Kleinigkeit, die Ihnen der strengste Sittenrichter nicht verübeln würde.«

»Aber gestohlen ist doch gestohlen,« sagte Daniel, »und das läßt sich mit Geld nicht wieder gut machen. Ich müßte das Bild zurückgeben, aber das kann ich nicht. Wenn Sie es sehen, werden Sie es begreifen! Ich will es Ihnen zeigen.«

Daniel richtete sich schwerfällig auf. Der Schublade seines Nachttisches entnahm er eine alte Brieftasche. Diese öffnete er behutsam und holte aus einer Seitentasche das sorgsam in Papier eingeschlagene Bild. Der abgegriffene Umschlag zeigte die Spuren des beständigen Gebrauchs.

Als Gustav das Bild erblickte, machte er eine lebhafte Gebärde des Erstaunens. Das war ja dasselbe Bild, das er an dem Tage der ersten Begegnung mit Daniel im Schaukasten des Photographen erblickt, und das ihm so Wohlgefallen hatte!

»Das ist Ihre Leonore?« fragte er mit dem Ausdruck der völligen Überraschung. »Aber, verehrter Freund, das ist ja gar nicht möglich.«

Mit überlegenem Lächeln entgegnete Daniel: »Weshalb nicht?«

»Weil Ihre Leonore im Jahre 1858 etwa in dem Alter stand, in dem das junge Mädchen, dessen Bild Sie besitzen, jetzt stehen muß. Das Bild ist doch offenbar ganz neu, höchstens vor einigen Jahren gemacht.«

Dieser sehr berechtigte Einwurf machte auf Daniel gar keinen Eindruck.

»Aber junger Freund,« sagte er, »wird denn der alt, der liebt und geliebt wird?«

Gustav fühlte, daß es eine Grausamkeit wäre, dem armen Daniel seinen harmlosen Wahn zu nehmen. Er verzichtete darauf, ihn von der Unmöglichkeit seiner Voraussetzung zu überführen. Mit gesteigertem Entzücken betrachtete er die reizenden Züge des jungen Mädchens.

»Nun, mein lieber Herr Möllmann,« sagte er, »verlassen Sie sich darauf, ich werde alles tun, was ich zu tun vermag, um das Original zu finden, und ich will Ihnen Bescheid geben. Morgen werde ich pünktlich zur Stelle sein, und wenn die junge Dame kommt, sollen Sie von mir hören. Ich gebe Ihnen recht: ich werde sie auf den ersten Blick erkennen. Ihre Sache ist also in guter Hand! Und nun beruhigen Sie sich und schlafen Sie wohl! Es ist spät geworden.« Mit herzlichem Händedruck verabschiedeten sich die beiden.

»Dieser brave Daniel stürzt mich wirklich in Unkosten«, sagte Gustav, als er am andern Morgen in dem kleinen Salon Unter den Linden saß. »Erst habe ich einen Likör getrunken, dann einen teuren Krug gekauft, aus dem ich mir nichts mache, und nun lasse ich mich ihm zuliebe auch noch photographieren.«

Gustav durchblätterte ein Album nach dem andern, während der Photograph im Atelier ein strahlendes Brautpaar aus der Provinz in zärtlicher Umschlingung für gute Freunde und liebe Anverwandte auf das Negativ brachte. Gustav fand viele Bekannte, an denen ihm nichts gelegen war; namentlich auch Künstlerinnen, darunter eine junge, beinahe ebenso hübsche wie talentlose Schauspielerin in achtunddreißig Stellungen: lächelnd, schmerzlich bewegt, tief ausgeschnitten, mit Pelz, mit Spitzenschleier, für jede Stimmung, für jede Jahreszeit. Er fand alle möglichen Gesichter, nur nicht das, welches er suchte. Aber er vertrieb sich mit der Betrachtung der aktenmäßigen Darstellung, daß das Menschengeschlecht im allgemeinen nicht schön ist, die Zeit ganz gut. Endlich traten die verlobten Opfer durch die Glastür. Sie kicherten und sahen aus, als hätten sie einen ausgezeichneten Witz gemacht. Der Photograph, der einen kurzen, braunen Sammetrock, lange Haare und einen blauen Schlips mit weißen Tupfen von ungeheuren Dimensionen trug, walzte hinter ihnen her.

»Wenn ich bitten dürfte, mir zu folgen«, sagte der Photograph. »Wie wünschen Sie das Bild? – Kabinett oder Visitenkarten – großer Kopf oder ganze Figur?«

»Ich habe keine besondere Vorliebe«, sagte Gustav. »Machen Sie mir möglichst viel fürs Geld, also ich denke die ganze Figur. Aber um eines bitte ich Sie: entfernen Sie alle unwahrscheinlichen Polsterstühle aus den Gebirgslandschaften, sowie jedwede geborstene Säule. Stellen Sie mich auch nicht als einen jungen Mann dar, der mit einem Geländer spazieren geht. Im übrigen gebe ich Ihnen volle Freiheit.«

»Schön, schön, wir werden es schon machen.«

»Es ist mir nämlich, unter uns gesagt, ganz einerlei, was aus dem Bilde wird. Wissen Sie überhaupt, weshalb ich hergekommen bin?«

»Keineswegs.«

»Sie haben da in Ihrem Schaukasten das Bild eines wunderhübschen jungen Mädchens ausgestellt – ich verlange nicht von Ihnen, daß Sie mich ebenso hübsch machen sollen; aber ich möchte für mein Leben gern wissen, wer die Dame ist.«

»Etwas höher den Kopf, wenn ich bitten darf... noch etwas... so! Und nun ganz unbefangen, immer unbefangen... recht freundlich, aber nicht lachen... so... Nun bitte, sehen Sie meinen Zeigefinger an.«

»Wie heißt denn das junge Mädchen?«

»Jetzt möchte ich Sie aber bitten, einen kurzen Augenblick ganz still zu sein. Also, wir beginnen: eins...«

Er nahm die verhängnisvolle Klappe ab. Und in demselben Augenblick wich auch die leiseste Spur eines Ausdrucks aus Gustavs Gesicht. Der Deckel wurde wieder aufgesetzt, die Platte herausgezogen, die Operation war vollendet. Nach einigen Minuten berichtete der Photograph, nachdem er aus der Dunkelkammer zurückgekehrt war, daß das Bild vorzüglich gelungen sei.

»Dann können Sie mir also ein Dutzend davon machen... Also wie heißt die junge Dame?«

»Es ist eine junge Dame von auswärts, ein Fräulein von ...« Der Photograph besann sich einen Augenblick. »Es wird mir schon einfallen... ein Fräulein von Köppen glaube ich, in der Nähe von Dessau...«

»Aber ich möchte gern ganz sicher gehen, und wenn Sie mir eine falsche Adresse geben, so wissen Sie gar nicht, welches Unheil Sie anstiften können.«

»Eine Verwechslung ist bei mir unmöglich. Ich klebe von jedem bestellten Bilde ein Exemplar in das Bestellbuch ein. Das Fräulein hat sich, glaube ich, im vorigen Frühjahr hier photographieren lassen. – Also Sie wünschen ein Dutzend von Ihren Bildern?« –

Der Photograph blickte fragend auf. Gustav glaubte, daß die Bestellung zu gering sei, und um den Photographen bei guter Laune zu erhalten, sagte er:

»Zwei Dutzend, wenn ich bitten darf.«

»Sehr wohl.« Der Photograph blätterte in dem früheren Bestellbuch. Nach kurzer Zeit rief er: »Da haben wir's ja.«

Es war in der Tat die gesuchte Schöne: Fräulein Leonore von Kößler auf Schloß Grauditz bei Dessau.

»Kößler!« rief Gustav erstaunt. Sollte das eine Verwandte meines Freundes Edgar von Kößler sein?«

»Schon möglich.«

»Dann müssen Sie mir das Bild auf einen Tag leihen. Ich treibe keinen Mißbrauch damit.«

»Das geht beim besten Willen nicht. Ich wenigstens darf die Hand nicht dazu bieten. Aber es werden hier freilich so manche Photographien weggenommen, von denen ich nichts weiß...«

»Schön, dann leihen Sie mir eine Schere, wenden Sie sich ab, und notieren Sie mir drei Dutzend Bilder... für das übrige werde ich schon sorgen.«

Der Photograph reichte die verlangte Schere und schrieb mit Eifer die Bestellung ein. Während dessen schnitt Gustav das Bild aus und empfahl sich darauf, um sofort seinen Freund Edgar aufzusuchen.

Es war zwölf Uhr mittags und Edgar lag noch im Bette. Gustav empfand die tiefste Mißachtung. Wie konnte man nur so lange schlafen! Er war schon volle zwei Stunden wach! – Edgar machte schnell provisorische Toilette und begrüßte seinen Freund mit der Frage nach dem Zwecke dieses Besuchs zu so ungewöhnlich früher Stunde.

»Ein Geheimnis«, sagte Gustav, und indem er ihm das Bild zeigte, fügte er hinzu: »Kennst du die Dame?«

»Lorchen!« rief Edgar aus. »Wie kommst du denn zu dem Bilde meiner Cousine?«

»Also Fräulein Leonore auf Grauditz bei Dessau ist deine Cousine? Ist sie verlobt?«

»Nein.«

»Nun wirst du mir auf der Stelle einen ungewöhnlich warmen Empfehlungsbrief an deinen Onkel oder an deine Tante geben! Ich fahre heute noch nach Grauditz, wo ich etwas Wichtiges zu erledigen habe.«

»Schade, daß du keinen der Meinigen dort findest. Meine Tante ist in Franzensbad, mein Onkel und Lorchen sind in Marienbad.«

»Wie sich das trifft! Ich wollte heute gerade nach Marienbad fahren. Also setz' dich hin und schreibe mir einen sehr schönen Brief. Rühme die Lauterkeit meines Charakters, meine soliden Grundsätze, die Fröhlichkeit meines Temperaments, die Unabhängigkeit meiner Stellung, die Achtbarkeit meiner Familie und so weiter – gerade wie auf diesem nicht mehr ungewöhnlichen Wege.«

Nach einigem Hin- und Widerreden, und nachdem Gustav wiederholt und ganz ernst darum gebeten hatte, ihm einige empfehlende Zeilen für Herrn von Kößler in Marienbad zu geben, willfahrte Edgar dem ausgesprochenen Wunsche, und Gustav fuhr nun sofort nach Hause, um alle Vorbereitungen zur Abreise zu treffen. – Er schrieb zunächst einen längeren Brief an Herrn Daniel, in dem er ihm mitteilte, daß er in den nächsten Tagen ungewöhnlich in Anspruch genommen sei und es sich daher versagen müsse, persönlich den erkrankten Freund aufzusuchen. Er werde durch seinen Diener täglich Erkundigungen einziehen lassen und ihm auch täglich ganz kurz das Resultat seiner Beobachtungen an der Luiseninsel mitteilen. Heute habe er leider kein günstiges Resultat zu vermelden. Darauf schrieb er ein halbes Dutzend gleichlautender Briefe, in welchen jedoch die lange Einleitung fehlte, und die alle übereinstimmend meldeten, daß er nichts Ungewöhnliches im Tiergarten wahrgenommen habe. Er datierte alle diese Briefe mit den aufeinanderfolgenden Tagen und erteilte darauf seinem intelligenten Diener Fritz die erforderlichen Weisungen. Heute nachmittag gegen sechs Uhr solle er den ausführlichen Brief hinbringen und an jedem folgenden Tage den mit dem entsprechenden Datum versehenen. Er solle sich erkundigen, wie es Herrn Möllmann gehe, und diesen in dem Glauben erhalten, daß Gustav Berlin nicht verlassen habe, aber unabkömmlich sei. Sobald Herr Möllmann wieder ausgehen könne, solle er ihm ungesäumt nach Marienbad, Maxhof, telegraphieren. Er sandte gleichzeitig eine Depesche an den Besitzer des Maxhofes und bestellte ein Zimmer, gleichviel, welches und unter welchen Bedingungen. Herr und Fräulein von Kößler hatten ihre Wohnung in demselben Hause genommen.

*

Noch an demselben Abend verließ Gustav Berlin und traf am andern Morgen in Marienbad ein. Durch ein überraschendes Trinkgeld zum Willkommen hatte Gustav das freundliche Stubenmädchen Luise sofort zutraulich gestimmt und zur Mitteilsamkeit veranlaßt.

Die Familie von Kößler bestand aus drei Mitgliedern, dem Vater, dem jungen Fräulein und einer reiferen Tante, Fräulein Emilie von Liebendahl, sowie einer Kammerjungfer für die beiden Damen. Luise sprach mit wahrem Entzücken von dem jungen Mädchen, das sie als ein herziges liebes Geschöpf bezeichnete. Kößlers führten das Brunnenleben, das alle Welt führt. Sie waren den ganzen Tag unterwegs und kamen nur nach Hause, um sich auszuruhen und umzukleiden. Man konnte also sicher sein, sie morgens zwischen sechs und sieben auf der Promenade zwischen Kreuzbrunnen und Ferdinandsbrunnen zu treffen, nachmittags an der Waldquelle und abends zwischen sechs und sieben Uhr wieder an der Kreuzbrunnenpromenade, wenn sie nicht gerade einen größeren Ausflug machten. Wo die Herrschaften speisten, vermochte das Mädchen nicht mit voller Bestimmtheit anzugeben.

Nachdem sich Gustav, der durch die Nachtfahrt etwas ermüdet war, noch durch einen wohltätigen Schlummer gründlich gestärkt hatte, machte er sich in den Nachmittagsstunden auf den Weg und gelangte, ohne daß er zu fragen brauchte, der Strömung der Spaziergänger folgend, richtig zur Waldquelle. Die Beobachtung der bunt zusammengewürfelten Badegesellschaft, die an den kleinen, mit roten und blauen Kaffeetüchern bedeckten Tischen saß oder in den Quergängen auf und ab wandelte, während eine leidliche Kapelle die beliebtesten Tänze von Strauß spielte, machte ihm viel Vergnügen. Von allen Bädern bietet Marienbad, wo selbst die Krankheit gewöhnlich die Erscheinung eines Übermaßes von strotzender Gesundheit annimmt, den wenigst unerfreulichen Anblick. Dazu die herrliche Natur, die wundervollen Wälder, die hübschen und geschmackvollen neuen Häuser – selbst, wenn Gustav keinen besonderen Reisezweck gehabt hätte, er würde von seinem Ausfluge ganz befriedigt gewesen sein. Die Fülle von lebhaften, etwas auffällig, aber höchst elegant gekleideten, hübschen oder zum mindesten interessant aussehenden jungen Frauen und Mädchen aus Österreich-Ungarn und aus den Donauländern überraschte und erfreute das Auge des Norddeutschen. Gustav traf auch einige oberflächliche Bekannte, die ihn hier mit einer keineswegs berechtigten Herzlichkeit begrüßten, und deren er mit Mühe und Not sich entledigte. Mit spähendem Blick durchflog er die Reihen der Tische und musterte jeden einzelnen Vorübergehenden. Plötzlich blieb er wie festgewurzelt stehen. Unmittelbar neben ihm, kaum einen Schritt von ihm entfernt, am ersten Tische an dem Spazierwege saßen die, die er suchte: ein schwerer, sehr korpulenter Herr mit kurzgeschnittenem Vollbart, sonnengebräunt, mit dem Ausdruck der gemütlichsten Leutseligkeit, der die kurzfingerigen fleischigen Hände andächtig über dem Bauch zusammengeschlagen hatte und mit jenem Ausdruck behaglicher Lust, der nur dicken Leuten eigentümlich ist, sich der göttlichsten Ruhe hingab; ihm gegenüber eine hagere, aschenbrödelhaft aussehende Dame, die ihr Alter nicht gern mehr eingestehen mochte, jedenfalls die Tante; und zwischen beiden – sie: Leonore, in Wahrheit noch hübscher, als er sie sich gedacht hatte; ein Bild des lachenden Lebens, der holden Unerfahrenheit, der anmutigsten Lustigkeit. Gustav war von all dieser Lieblichkeit ganz betroffen. Er ließ die Rechte, die schon nach der Seitentasche hatte greifen wollen, um Edgars Brief hervorzuholen, wieder fallen und ging langsam an dem Tische vorüber. Leonore sah ihn mit ihren großen unbefangenen Augen an und blickte ihm auch noch nach, als er sich nach einigen Schritten nach dem interessanten Tisch umwandte. Gustav präparierte seine kurze Anrede, und bei dem nächsten Umgang blieb er vor dem Tische stehen.

»Ich glaube mich nicht zu täuschen, wenn ich die Ehre habe, mit Herrn von Kößler zu sprechen.«

Der starke Herr erhob sich schwer und verneigte sich.

»In diesem Fall möchte ich mir erlauben, Ihnen diesen Brief von Ihrem Neffen, Herrn Edgar von Kößler, zu überreichen, einem guten Freunde von mir, der mir für Sie und – (mit einem Seitenblicke auf Leonoren) – für die Ihrigen die schönsten Grüße aufgetragen hat.«

Herr von Kößler stellte Gustav den Damen vor und fragte ihn, ob er nicht am Tische mit Platz nehmen wolle. Gustav folgte der Aufforderung mit aufrichtigem Vergnügen. Die Nachbarschaft des reizenden jungen Mädchens, der gemütliche dicke Herr von Kößler, die dürre gute Tante, alles das versetzte ihn in die beste Stimmung. Er war sehr aufgeräumt, und die Unterhaltung war bald eine ungemein lebhafte und lustige. Die Leute gefielen sich schnell. Gustav war der Familie, die sich in den letzten Tagen, seitdem einige Freunde abgereist waren, ziemlich gelangweilt hatte, eine sehr willkommene Auffrischung und Zerstreuung. Es machte sich ganz von selbst, daß ein gemeinschaftlicher Spaziergang unternommen wurde, und daß sie auch auf der Brunnenpromenade zur Zeit der Musik zusammenblieben. Leonore gewann noch durch die persönliche Bekanntschaft. Es war ein frisches lustiges Kind, ungemein natürlich, deren Geist das Mittelmaß wohl kaum überschritt, die aber auch gar nicht geistreich zu sein brauchte, denn alles, was sie sagte, klang aus dem reizenden Munde allerliebst.

Als Gustav sich am Abend von seinen neugewonnenen Freunden verabschiedete, war er bis über die Ohren in Leonoren verliebt. Er fand es ganz natürlich, daß er am andern Morgen um halb sechs Uhr aufstehen mußte, um mit dem Glockenschlage Sechs wieder an der Brunnenpromenade zu sein. Schon von ferne erspähte er Herrn von Kößler, der bereits seinen zweiten Becher Ferdinandsbrunnen geleert hatte, während Tante Emmy ihre Blutleere durch Ambrosiusbrunnen zu bekämpfen suchte. Das liebenswürdige Einerlei des Brunnenlebens brachte es mit sich, daß schon am zweiten Tage Gustav als zur Familie gehörig gezählt wurde. Die Wanderung durch den Wald nach Bellevue, das bezaubernde Frühstück in der erheiternden und lustigen Umgebung, das Mittagsmahl, der Nachmittagskaffee an der Waldmühle, der Nachmittagsspaziergang, die Brunnenpromenade zur Musikzeit, – alles das wurde wie selbstverständlich von den vieren gemeinsam unternommen. Gustav begann auch seinen Gefühlen für Leonoren durch kleine Aufmerksamkeiten, durch Blumen und harmlose Geschenke, wie sie in den Bädern ausgetauscht werden, Ausdruck zu geben, und Leonore war sichtlich erfreut darüber. Sie fand Gustav entzückend. So vergingen drei, vier Tage.

Da wurde Gustav durch ein Telegramm seines Dieners daran erinnert, daß ein gewisser Daniel Möllmann mit dieser Reise nach Marienbad eigentlich in einem sehr nahen Zusammenhang stände. Fritz meldete, daß Herr Möllmann wiederhergestellt sei und Herrn Wöhringen für die große Liebenswürdigkeit und Hingabe, mit der er täglich anderthalb Stunden im Tiergarten gewartet habe, seinen besten Dank ausspreche. Am andern Tage sandte Gustav ein Telegramm an Daniel, in dem er ihm mitteilte, daß er Berlin plötzlich habe verlassen müssen, ihn jedoch bei seiner Rückkehr sofort aufsuchen werde. Er gratulierte ihm zu seiner Genesung.

»Haben Sie von einem gewissen Herrn Daniel Möllmann jemals etwas gehört?« fragte Gustav bei Tisch.

Da dieser Name der Familie Kößler sowie der Tante Emmy gänzlich unbekannt war, so wurde nicht weiter davon gesprochen. Aber Gustav hatte doch die Empfindung, daß der Alte am Marienkirchhof mit seinen neuen Freunden in irgendeinem Zusammenhange stehen müsse, und mit einer gewissen Spannung sah er der Bekanntschaft der Frau von Kößler entgegen, deren Vorname Leonore ihm zu denken gab.

Ein Tag verging wie der andere, es verging eine Woche; immer herzlicher und gemütlicher gestaltete sich das Verhältnis. – Während eines der gewohnten Spaziergänge, als der dicke Papa und die dünne Tante wie immer vorangingen, während die jungen Leute in einiger Entfernung folgten, sagte Gustav zu Leonoren:

»Wissen Sie, was mich hierher getrieben hat? Ich habe mich in Ihr Bild verliebt. Ich besitze es sogar.«

Leonore schürzte schelmisch die Oberlippe und blickte unter den langen dunklen Wimpern ungläubig zu ihm auf.

»Wahrhaftig«, fuhr Gustav leise fort. »Ich will es Ihnen zeigen!« Und noch leiser mit scherzhaftem Pathos flüsterte er: »Ich habe es gestohlen – es ist – das einzige Verbrechen meines Lebens.«

Er hielt plötzlich inne. Er machte die Wahrnehmung, wie in dem Tonfall seiner Stimme etwas ihm Bekanntes lag, als habe er das schon einmal gesagt. Auf einmal wurde ihm klar, daß er, ohne sich davon Rechenschaft abzulegen, das Geständnis des alten Daniel parodiert hatte. Es war ihm ganz lieb, daß gerade in diesem Augenblick Herr von Kößler, wie er es sehr häufig tat, stehenblieb und sich nach den jungen Leuten umsah, um einen passenden Vorwand zu haben, etwas zu verschnaufen.

Als die zweite Woche zu Ende ging, schrieb Gustav an seinen Freund Edgar folgenden Brief:

»Lieber Edgar!

Ich wünsche Dir von Herzen Glück. Deine Cousine hat sich mit einem ungemein liebenswürdigen jungen Manne verlobt. Vater und Tante Emmy sind benachrichtigt und einverstanden. Mama in Franzensbad wird wahrscheinlich im Laufe des Nachmittags ihren Segen sprechen. Lorchen ist das himmlischste Wesen der Schöpfung. Geh sofort zu Schmidt, Unter den Linden und bestelle mir das größte Bukett, das gemacht werden kann, in der Mitte ein Riesen-L aus gelben Rosen.

Herzlichen Gruß

Dein glücklicher
Gustav.«

Ein zweiter Brief trug die Adresse des Herrn Daniel Möllmann, Am Marienkirchhof, Berlin C. Er lautete so:

»Geehrter Herr und Freund!

Sie haben mich durch Ihre freundlichen Zeilen, in denen Sie mir für eine einfache Gefälligkeit in überschwenglicher Weise danken, beschämt. Ich bin es, der Ihnen zu innigstem Danke verpflichtet ist, und ich bin viel tiefer in Ihrer Schuld, als Sie glauben. Ohne davon zu wissen, sind Sie der Wohltäter meines Lebens geworden. Es würde zu weit führen, wollte ich Ihnen das brieflich auseinandersetzen. Seit einer Stunde bin ich glücklicher Bräutigam, und Sie werden nun begreifen, daß ich nicht in der Stimmung bin, lange Briefe zu schreiben. Lassen Sie sich also nur sagen, daß ich die Bekanntschaft meiner Braut mittelbar Ihnen verdanke. Es ist die Tochter des frühern Landrats von Kößler, und sie heißt auch Leonore. Aber Sie werden doch nicht eifersüchtig auf mich werden, wenn ich hinzufüge, daß meine Braut am 22. Dezember 1862 geboren ist.

Auf frohes Wiedersehn in Berlin! Bewahren Sie eine freundliche Gesinnung

Ihrem

dankbar ergebenen
Gustav Wöhringen.«

Frau von Kößler, die Gustav noch am selben Nachmittage in Franzensbad persönlich kennen lernte, war eine stille, vornehme Frau. Gustav vermochte beim besten Willen der Welt zwischen ihr und seiner Braut keine Ähnlichkeit zu entdecken, und die Antworten auf einige von ihm gelegentlich hingeworfene Fragen bestärkten ihn in der Überzeugung, die sich in ihm mit dem ersten Augenblicke der Begegnung festgesetzt hatte: daß Daniels krankhaft erregte Phantasie der Erinnerung an das Mädchen, das er seit einem Menschenalter vergeblich suchte, und das selbst vielleicht nichts anderes als ein Wahngebilde war, rein zufällig die Gestalt jener lieblichen Blondine gegeben hatte, deren anmutiges Bild ihm aufgefallen war. Damit begnügte er sich auch.

Er hatte ja in der Tat ganz anderes zu tun, als nutzlosen Betrachtungen über Daniel und dessen unwahrscheinlichen Hirngespinsten nachzuhängen. In der frischen fröhlichen Wirklichkeit lebte er, an der Seite eines bildhübschen, guten und ausgelassenen Mädchens, das er seine Braut nannte, und verhätschelt von seinen künftigen Schwiegereltern. Gustav hatte den schönen Herbst auf Grauditz verbracht, viel gejagt und auf einmal eine merkwürdige Teilnahme für die Landwirtschaft gewonnen. Er liebte Leonoren abgöttisch und war glücklich.

Nun zog der Winter heran. Die Sorge um die Aussteuer hatte Frau von Kößler ganz und gar in Anspruch genommen, und es mußten jetzt alle Veranstaltungen getroffen werden, um die Übersiedelung der Familie nach Berlin zu ermöglichen; denn in Berlin sollte am neunzehnten Geburtstage Leonorens die Hochzeit stattfinden, und Kößlers hatten der seit Jahren sich immer wiederholenden Bitte der guten Tante Emmy endlich willfahrt, einmal die Wintermonate in der Hauptstadt zuzubringen. Da sollten denn auch noch die letzten nötigen Ankäufe besorgt werden.

Gustav war seinerseits seit Wochen ausschließlich damit beschäftigt gewesen, die hübsche Wohnung, die er in der Hohenzollernstraße gemietet hatte, für seine junge Frau behaglich einzurichten, und er hatte die Freude, daß alles fix und fertig war an dem Tage, da Kößlers in Berlin eintrafen. Für diese hatte er unweit seiner Junggesellenwohnung in der Behrenstraße ein geeignetes Absteigequartier gefunden. Um die Mittagsstunde eines hellen kalten Dezembertages trafen sie ein und waren von allem, was Gustav und Tante Emmy getan hatten, ganz entzückt.

Leonore brannte vor Ungeduld, ihr neues Heim, das sie bald ihr eigen nennen sollte, kennen zu lernen, und Gustav, der einen gewissen Stolz darein setzte, zum erstenmal mit seiner Braut am Arme die Linden entlang und durch den Tiergarten zu gehen, hatte sich in scherzhafter Weise jeden elterlichen Schutz verbeten. Er wollte die Freude haben, seiner Braut, die in wenigen Tagen seine Frau sein sollte, die Herrlichkeiten allein zu zeigen. Trotz des kalten Wetters öffneten Kößlers die Fenster, um dem hübschen jungen Paare, das sich so viel zu erzählen hatte, nachzublicken.

Leonore war außer sich. So reizend hatte sie sich's nicht gedacht! Jedes einzelne Zimmer wurde bis in die geringfügigste Einzelheit durchmustert; die Möbel, die Stoffe, die Teppiche, alles erregte ihre unbeschränkteste Bewunderung, und eine jede kleine Aufmerksamkeit, die sie in der vorsorglichen Tätigkeit Gustavs erblickte, rührte sie zu Tränen. Man durfte von den jungen Leuten das übertrieben poetische Bild gebrauchen: sie schwammen in einem Meere von Seligkeit.

Aber die Tage waren kurz. Es war vier Uhr geworden, und das Dunkel zog schon herauf. Sie mußten sich, so leid es ihnen tat, zum Aufbruch entschließen. Leonore drückte sich zärtlich an Gustav. Sie dachten nur an sich, an ihr zukünftiges Glück und hatten keinen Sinn für das, was um sie her vorging. Um nicht zu vielen Leuten zu begegnen, hatten sie den Fahrdamm überschritten und waren auf dem Wege an den Bäumen weitergegangen.

Sie hatten wenige Schritte getan, sie waren gerade an der Lichtung bei der Luiseninsel angekommen, als plötzlich Leonore furchtsam zusammenschreckte und sich noch fester an Gustav anschmiegte. Es dunkelte freilich schon, aber die eben angezündete Laterne verbreitete doch genügende Helle und beleuchtete das merkwürdig erregte Gesicht eines Mannes, der in schnellen Schritten auf die beiden zugekommen war und nun zitternd, mit halb offenem Wunde, die beiden Hände gegen Leonoren ausstreckend, vor ihnen stand:

»Leonore! – Endlich!« brachte er mühsam mit schwerem Schluchzen hervor.

Leonore wich einen Schritt scheu zurück und zog Gustav mit sich.

»Beruhige dich!« sagte dieser. »Es ist ein alter Freund von mir.«

Leonore ließ Gustavs Arm los und trat angstvoll beiseite. Gustav näherte sich Daniel und streckte ihm die Hand entgegen. Daniel bemerkte es nicht. Mit großen Augen starrte er auf Leonoren, die Adern an seinen Schläfen schwollen unter den sorglich gedrehten Locken sichtbar an; eine ungeheure Erregung schien in ihm zu toben. Mit einem ganz wundersamen Ausdruck, der gleichzeitig wie Jubel und wie schmerzliche Verzweiflung klang, wiederholte er nur das eine Wort:

»Leonore!«

Gustav war von dem Anblick so ergriffen, daß er für den Augenblick sogar seine Braut vergaß. Er legte seine Hand auf Daniels Schulter und sagte mit warmem Tone:

»Verehrter Freund, Sie befinden sich in einem verhängnisvollen Irrtum. Jene Dame ist nicht die von Ihnen gesuchte Leonore. – Sie sehen ja, es ist ein ganz junges Mädchen; es ist meine Braut, Fräulein von Kößler.«

Ein Augenblick verging, ehe Daniel Gustavs Worte verstanden zu haben schien. Er atmete langsam, tief und schwer. Plötzlich richtete er sich auf, stieß Gustav unsanft von sich, und mit dem Ausdruck äußersten Hasses preßte er zwischen den Zähnen das Wort »Verräter!« hervor.

Gustav bemühte sich vergeblich, den Sinnlosen zu besänftigen.

»Lassen Sie mich!« sagte Daniel mit einer Heftigkeit, die man dem ruhigen Manne nie zugetraut hätte. »Lassen Sie mich, sonst werde ich rasend! Ich will hier keinen ärgerlichen Auftritt herbeiführen, nicht an dieser Stelle, die ich geweiht habe – geweiht durch meine Treue ohnegleichen! Aber entfernen Sie sich von hier! Sie gehören nicht hierher, Sie nicht, und nicht jene elende pflichtvergessene Person, die mich um mein Dasein betrogen hat! Jetzt durchschaue ich Sie! Jetzt weiß ich alles! Also deshalb haben Sie sich gewaltsam an mich herangedrängt, deshalb mir in einer schwachen Stunde mein Geheimnis entlockt, damit Sie den verborgenen Schatz auffinden und ihn mir rauben! Sie sollten sich schämen! Ist solche Tücke, ist solche Bosheit erhört! – Und Schmach über dich, du Elende, die mir Treue geschworen und mich verraten hat!... Lassen Sie mich!« rief Daniel, indem er zornbebend Gustav wehrte, sich ihm zu nähern. »Lassen Sie mich, oder es geschieht ein Unglück! Sie wissen nicht, wessen ich fähig bin!«

Der Alte wandte sich schaudernd ab, dann blieb er einige Sekunden stehen. Er wankte; mit sichtbarer Mühe suchte er sich eine stramme Haltung zu geben. Endlich schüttelte er bedächtig den Kopf und tappte langsam und schwer, ohne sich noch einmal umzusehen, die Tiergartenstraße hinauf.

Gustav hatte Leonorens Arm wieder in den seinigen gelegt. Das arme Mädchen zitterte und bebte. Mit teilnahmvollen Blicken sahen die beiden den armen alten Mann, schwerfällig sich auf den Regenschirm stützend, wie gebrochen dahinschleichen.

Mit der Dämmerung hatte sich über den Tiergarten ein grauer Nebel gesenkt. Nur noch wenige Augenblicke sahen sie die dunkeln Umrisse Daniels; bald wurden diese ganz undeutlich und verloren sich, um noch einmal in dem fahlen Schein der nächsten Laterne als verwischte Schatten wieder aufzutauchen. Dann zerrannen auch diese. In dem helleren Schein regte sich nun nichts mehr. Was dahinter war, hatte der Nebel völlig verschleiert.

»Es ist ein unglücklicher Sonderling, ich erzähle dir seine Geschichte ein andermal«, sagte Gustav. »Wir wollen ihm nicht mehr begegnen. Frage mich jetzt nicht... Ich erzähle es dir später.«

Die Bank an der Luiseninsel blieb am andern Nachmittage leer.

Fritz, den Gustav im Lauf des Vormittags zu der alten Marianne geschickt hatte, um sich nach dem Befinden des Herrn Möllmann zu erkundigen, hatte überaus ungünstigen Bericht erstattet. Daniel hatte die ganze Nacht stark phantasiert. Marianne hatte in frühester Morgenstunde einen Arzt herbeigerufen, der sich sehr bedenklich über den Zustand des Kranken geäußert hatte.

Gustav hatte nun selbst den Arzt aufgesucht, bevor er noch zu seiner Braut gekommen war, und von diesem erfahren, daß bei dem großen Schwächezustand des Kranken, der sich seit Jahren lediglich durch die Regelmäßigkeit seines Lebens, die geordnete Bewegung und das stundenlange Verweilen in der freien Luft aufrecht erhalten hatte, jeden Augenblick das Ende eintreten könne. Gustav war schmerzlich davon ergriffen, daß er, wenn auch unschuldig das Hereinbrechen der Katastrophe beschleunigt hatte; und als er Leonoren um die Mittagsstunde zum Spaziergange abholte, war er sehr ernst gestimmt. Leonore erkundigte sich nach der Ursache dieser bei Gustavs heiterem Temperament ungewohnten Stimmung. Während die beiden glücklichen jungen Leute die Linden entlang gingen, erzählte Gustav, was er von Daniel wußte. Leonoren traten die Tränen in die Augen.

»Es wäre doch wohl unsere Pflicht, uns zu erkundigen, wie es dem armen Manne geht«, sagte sie.

»Du hast recht«, entgegnete Gustav.

Sie wandten sich um, und Gustav führte Leonoren nach dem Marienkirchhof. – Die alte Marianne mit dem breiten Gesicht, die ihm öffnete, sah mit den rotgeweinten Augen ungemein rührend aus.

»Der Arzt ist bei ihm. Sie können ruhig eintreten. Er erkennt Sie nicht mehr. Mein armer Herr!«

Vorsichtig traten sie in die Stube mit den Butzenscheiben. Es war alles in gewohnter Ordnung: die Federn und Bleistifte lagen symmetrisch geordnet auf demselben Fleck. Die Tür zum Nebenzimmer stand offen. Leonore, von einem Gefühl warmer Teilnahme getrieben, das, wenn auch mit etwas Neugier gemischt, darum doch nicht minder tief und ernst war, trat behutsam auf die Schwelle und blickte mit Tränen in den Augen auf das Lager, auf dem Daniel mit halbgeschlossenen Augen schweratmend ruhte. Seine schmalen Finger zupften gleichmäßig an der Bettdecke, als wollten sie etwas pflücken. Der Arzt saß neben ihm. Daniel schlug die Augen auf. Dann öffnete er sie weit, ganz weit und blickte nun starr nach der Tür. Die Mattigkeit, die über dem Gesicht gelegen, war wie weggewischt. Es leuchtete auf in dem Schimmer unbeschreiblicher Wonne. Mit unheimlich heller, heiterer Stimme rief er: »Leonore!« –

Der Arzt hatte sich umgewandt und sah, wie ein junges Mädchen ängstlich zusammenschauerte. Wie von einer magnetischen Gewalt angezogen, schritt Leonore lautlos und langsam auf das Lager zu. Der Arzt hatte sich erhoben und war beiseite getreten. Daniel richtete sich etwas auf und streckte ihr wie flehend die beiden Hände entgegen. Leonore wußte kaum, was sie tat, als sie die schmalen Hände des Kranken ergriff.

Freude, Glück und Dankbarkeit strahlte aus seinen Augen. Er drückte die kleinen Hände des hübschen Mädchens und sagte mit einem unbeschreiblichen Ausdruck wonnigen Wohlgefühls: »Leonore! Ich wußte, daß du kommen würdest, daß ich dich wiedersähe... hier oder dort! Ich wußte es!«

Dann ließ er sanft die Hände des bebenden Mädchens und sank lächelnd auf das Kissen zurück. Lächelnd auch schloß er die Augen. Der Arzt bedeutete Leonoren, sich zu entfernen. Er legte sein Ohr auf das Herz des Kranken, dann trat er in das Nebenzimmer zu den jungen Leuten, die den Atem anhielten und mit banger Spannung der Botschaft des Arztes harrten.

»Er lebt noch,« sagte dieser ruhig, »aber ich rate Ihnen, sich die Aufregung des Endes zu ersparen. Zu helfen ist hier nicht mehr viel. Und was geschehen kann, geschieht. Die Lebenskraft des Kranken ist erschöpft,«

Die beiden jungen Leute schlichen schüchtern aus der Tür und gingen über den Marienkirchhof, ohne ein Wort zu sprechen.

Der Arzt hatte die Unwahrheit gesagt. Das Herz hatte nicht mehr geschlagen. Mit heiterm Lächeln auf den Lippen war Daniel entschlafen, als er die Hand des Mädchens zu berühren glaubte, das er so lange Jahre hindurch erwartet hatte – »harrend ohne Schmerz und Klage«. Der arme Toggenburg. Der Egoismus des jugendlichen Glückes vergißt schnell fremdes Ungemach. Wohltätig gedämpft, nicht mehr grausam schmerzlich, erzitterte in den Seelen der jungen Leute der Nachklang des erschütternden Auftritts in dem kleinen Hause am Marienkirchhof, als sie nachmittags wieder ihr Heim durchmusterten und dann am Abend mit der Familie um den Teetisch vereinigt waren. Sie erzählten von dem sonderbaren Erlebnisse einiges Wenige. Tante Emmy und Frau von Kößler wechselten auf einmal verständnisvolle Blicke und nahmen plötzlich einen sehr ernsthaften Gesichtsausdruck an. In dem jovialen Herrn von Kößler, der wiederum die Hände über der Weste gefaltet hatte, kämpfte seit einiger Zeit das Verlangen, die dampfende Teetasse zum Munde zu führen, mit der sich daraus ergebenden Notwendigkeit, die bequeme Lage seiner Hände alsdann verändern zu müssen. Aber das stumme Zwiegespräch zwischen den Damen war ihm darum doch nicht entgangen.

»Lorchen!« sagte er scherzhaft drohend zu seiner Frau. »Sollte das am Ende derselbe sein, auf den du mich früher einmal hast eifersüchtig machen wollen? Du weißt, – vor unserer Verlobung, als du aus Berlin zurückkamst?« Gustav sah seine Schwiegermutter prüfend an. Es war noch eine hübsche Frau, mit der seine Braut eigentlich nur geringe Ähnlichkeit in den Zügen, aber doch im Ausdruck einen starken Familienzug gemein hatte; und jetzt zum ersten Male bemerkte er an ihrem Kinn ein kleines braunes Mal. Bis zur Stunde war es ihm nicht aufgefallen.

Eigene Buchreihe oder eigenen Verlag gründen

Seit 2009 bietet tredition sein Verlagskonzept auch als sogenanntes "White-Label" an. Das bedeutet, dass andere Unternehmen, Institutionen und Personen risikofrei und unkompliziert selbst zum Herausgeber von Büchern und Buchreihen unter eigener Marke werden können. tredition übernimmt dabei das komplette Herstellungs- und Distributionsrisiko.

Zahlreiche Zeitschriften-, Zeitungs- und Buchverlage, Universitäten, Forschungseinrichtungen u.v.m. nutzen diese Dienstleistung von tredition, um unter eigener Marke ohne Risiko Bücher zu verlegen.

Alle Informationen im Internet: **www.tredition.de/fuer-verlage**

tredition wurde mit mehreren Innovationspreisen ausgezeichnet, u. a. mit dem Webfuture Award und dem Innovationspreis der Buch Digitale.

tredition ist Mitglied im Börsenverein des Deutschen Buchhandels.

Dieses Werk elektronisch lesen

Dieses Werk ist Teil der Gutenberg-DE Edition DVD. Diese enthält das komplette Archiv des Projekt Gutenberg-DE. Die DVD ist im Internet erhältlich auf **http://gutenbergshop.abc.de**